つるつる鮎そうめん

居酒屋ぜんや

坂井希久子

時代小説文庫

角川春樹事務所

目次

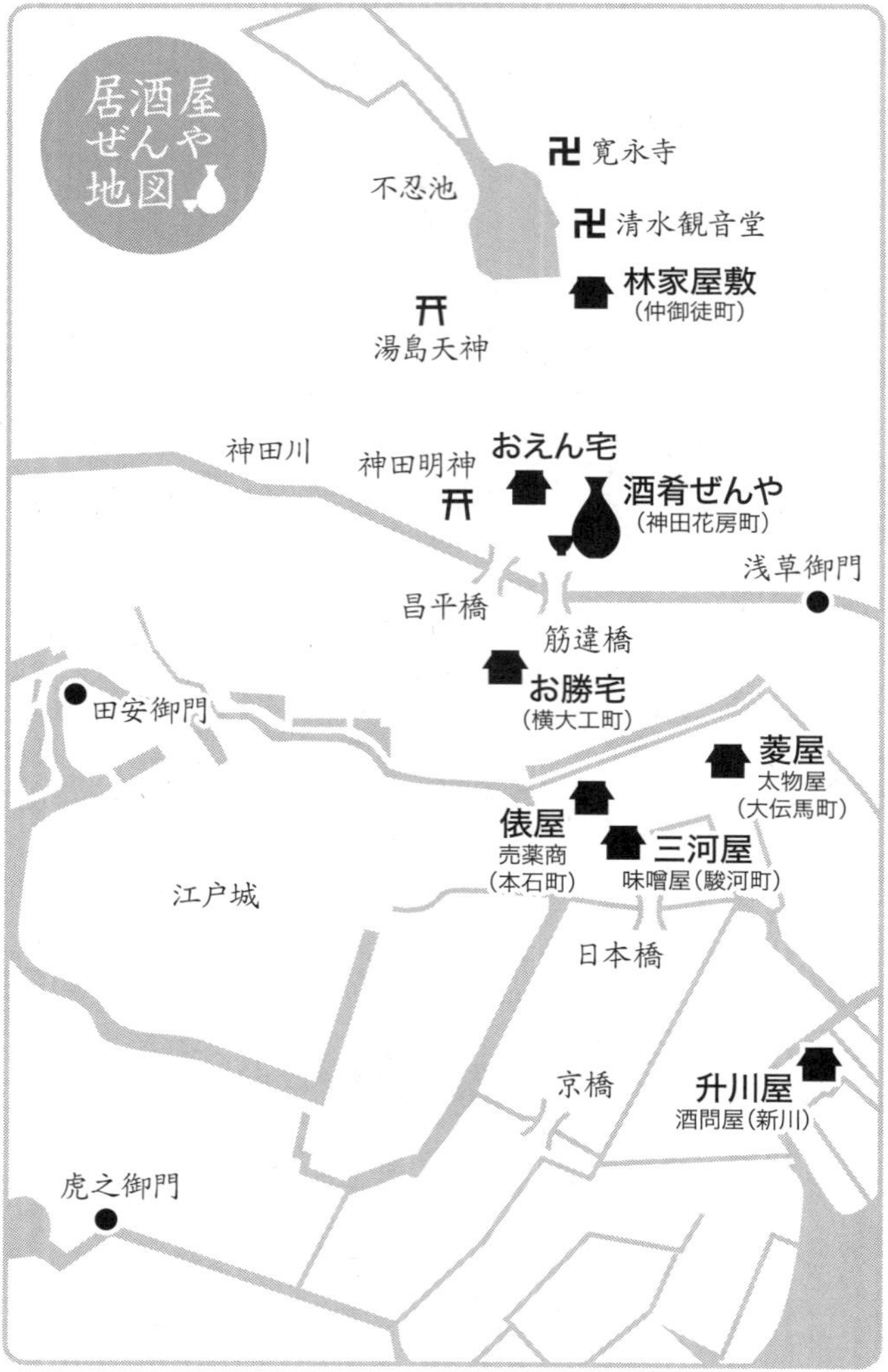
居酒屋
ぜんや
地図
寛永寺
不忍池
清水観音堂
林家屋敷
（仲御徒町）
湯島天神
神田川
神田明神
おえん宅
酒肴ぜんや
（神田花房町）
浅草御門
昌平橋
筋違橋
お勝宅
（横大工町）
田安御門
菱屋
太物屋
（大伝馬町）
俵屋
売薬商
（本石町）
三河屋
味噌屋（駿河町）
江戸城
日本橋
京橋
升川屋
酒問屋（新川）
虎之御門

つるつる鮎そうめん

居酒屋ぜんや

〈主な登場人物紹介〉

林只次郎《はやしただじろう》……小十人番士の旗本の次男坊。鶯が美声を放つよう飼育するのが得意で、その謝礼で一家を養っている。

お妙《たえ》……神田花房町にある、亡き良人《おっと》が残した居酒屋「ぜんや」を切り盛りする別嬪女将。

お勝《かつ》……お妙の義姉。「ぜんや」を手伝う。十歳で両親を亡くしたお妙を預かった。

おえん……「ぜんや」の裏長屋に住むおかみ連中の一人。左官の女房。

お葉《よう》……只次郎の兄・重正の妻。お栄と乙松の二人の子がいる。

柳井《やない》……お葉の父。北町奉行所の吟味方与力。

草間重蔵《くさまじゅうぞう》……「ぜんや」の用心棒として、裏店に住みはじめた浪人。

「ぜんや」の馴染み客

菱屋《ひしや》**のご隠居**……大伝馬町にある太物屋の隠居。只次郎の一番のお得意様で良き話し相手。

升川屋喜兵衛《ますかわやきへえ》……新川沿いに蔵を構える酒問屋の主人。妻・お志乃は灘の造り酒屋の娘。

俵屋《たわらや》**の主人**……本石町にある売薬商の主人。俵屋では熊吉が奉公している。

三河屋《みかわや》**の主人**……駿河町にある味噌問屋の主人。

五月晴れ

一

西日が見慣れた井戸端の風景を、黄金色に染めている。疲れを知らぬ裏店《うらだな》の子供たちは、大きいのも小さいのも入り交じって鬼ごっこ。磨き上げた鍋《なべ》を持って立ち上がったお妙《たえ》の膝《ひざ》に、芥子坊主《けしぼうず》の男の子が勢いよくぶつかってきた。

「ちゃんと前を見ないと、危ないわよ」

優しく声をかけるとはにかんだように笑い、歓声を上げて走り去ってゆく。子供たちの中ではその子が一番小さく、捕まっても鬼にはならない。その代わり捕まるとくすぐられるらしく、一生懸命逃げている。こんなふうに子供らは、歳《とし》の差を越えてよく遊ぶ。

どぶ板を踏み勝手口から『ぜんや』に戻ろうとして、お妙は「あら」と足を止めた。ほとんど日の当たらない暗がりに、十字の形をした白い花が、清々《すがすが》しく咲いている。どくだみだ。独特の臭気から長屋のおかみさん連中には嫌われているが、咲かせる花は可憐《かれん》である。

「そう、もうそんな季節なのね」

寛政《かんせい》四年（一七九二）皐月《さつき》一日。足元に咲く花を見下ろして、お妙は口元をほころばせた。

店の中では旗本の次男坊、林只次郎《はやしただじろう》が床几《しょうぎ》に座り、気まずそうに盃《さかずき》の酒を啜《すす》っていた。

勝手口の近くで『ぜんや』の用心棒である草間重蔵《くさまじゅうぞう》が、黙々と根付《ねつけ》を彫っている。これがなかなか酔客に評判がよく、彫り上がった端から売れてゆく。重蔵にとってはいい小遣い稼ぎである。

なにげなく手元を覗《のぞ》くと、彫っているのはぶんぶく茶釜《ちゃがま》。ご丁寧にも茶釜の蓋《ふた》が外れる仕組みになっている。また腕を上げたようだ。ごつごつとした厳《いか》つい手で、よくぞ細かい細工ができるものだと思う。

重蔵が『ぜんや』の用心棒に収まっているのが気に食わない只次郎は、お妙が鍋を洗いに出てしまったせいで、沈黙を持て余していたようだ。横目に重蔵を窺《うかが》ってはいるが、話しかけようとはしない。

給仕のお勝《かつ》もまたそれを面白がり、離れたところに立ってニヤニヤしている。助け舟を出してやるつもりはなさそうだ。

昼と夜の境目とて、客は只次郎一人きり。店が賑《にぎ》わうのはありがたいが、落ち着いたこのひとときが心地よい。まだ灯《ひ》を入れるほどではない室内の薄暗さが、なぜだかやけに懐かしかった。

「うまぁい！」

お妙が戻ったのを悟り、只次郎がわざとらしく声を張り上げる。重蔵と取り残されたのが、よほど気詰まりだったと見える。

「お妙さん、これはいけません。酒がみるみる減ってゆきます」

只次郎の折敷《おしき》には、奴豆腐《やっこどうふ》と菜浸《なびた》し、それから鰹《かつお》の塩辛の小鉢が載っている。先月の鰹づくしの胃と腸《はらわた》を、漬け込んでおいたのがちょうど食べごろになったのだ。

鰹の塩辛は、またの名を酒盗という。酒が進むわけである。

「それ、奴に乗せて食べても美味《おい》しいですよ」

「なんと！　ああ、本当だ。塩気が豆腐の甘みに絡んで、なんとも」

「お酒、もう一合つけますか？」

「いえ、二合で！」

只次郎の置き徳利《どっくり》は、先ほど酒を注《つ》ぎ足して一杯にしたばかり。このぶんだとあっと言う間に軽くなりそうだ。

「そういえば昨日、近江屋《おうみや》さんがお見えでしたよ」

銅壺《どうこ》の湯にちろりを沈め、思い出したように告げる。案の定只次郎は「げげげ」と蛙《かえる》めいた声を発し、顔をしかめた。

「林様はいついらっしゃるのかと聞かれましたが、それはあちらのご都合ですのでと答えておきました」

「ありがとうございます。よかった、鉢合わせにならなくて」

「あの人、よっぽど鶯《うぐいす》の雛《ひな》がほしいんだねぇ」

二階へと続く階段の脇《わき》に控えていたお勝が、しれっと近寄ってきて話に加わる。人のいい只次郎は意地悪をされていたことにも気づかず、「困ってるんですよ」と眉《まゆ》をひそめた。

只次郎の愛鳥ルリオは当代一の鶯と名高く、江戸市中の愛好家で知らぬ者はない。そのルリオに子ができたというのだから、大枚はたいてでも手に入れたいと、申し出が殺到するのも道理である。その中でも材木問屋の近江屋は、いささか押しが強いようだ。

「先日近江屋さんから、拵《こしら》えの立派な脇差《わきざし》を贈られましてね。もちろん丁重にお返ししたわけですが、あれにはまいりました」

名の通った料理屋や、吉原《よしわら》の茶屋にも誘われているという。そのことごとくを断っていたら、ついに物品が届いてしまった。

「さすがは近江屋、袖《そで》の下は慣れたものさね」

「なにかご存じなんですか、お勝さん」

「知らないけどさ。今の旦那《だんな》になる前は、近江屋なんてさほど大きくなかったんだ。それが日光《にっこう》の修繕を任されるまでになったんだから、そうとうこれを積んだんだろうよ」

そう言って、お勝は親指と人差し指を丸める。金の力と言いたいのだろう。

大店《おおだな》の主《あるじ》となれば、町奉行所の与力、同心はもとより上は幕閣に至るまで、鼻薬を嗅《か》がせているものだ。近江屋は、その薬が少しばかりきついらしい。

「そりゃ私だって金はほしいですが、それよりもルリオの跡継ぎが大事なんですよ」

只次郎は唇を尖《とが》らせて、盃の端を舐《な》めている。温めたちろりを差し出してやると、顎《あご》を反らして残りを干した。

好事家《こうずか》の飼い鶯にルリオが歌を教えるその謝礼によって、百俵《ぴょう》十人扶持《ぶち》の林家の台所は支えられている。だが小鳥の命は短くて、ルリオもあと何年も生きられるわけではない。いい後継が育たなければ、鶯稼業も廃業である。

「一家の食い扶持がかかっているので」と只次郎は言うが、たとえ全員が遊び暮らせるだけの金を積まれても、首を縦には振らないだろう。「商人になりたい」などと臆《おく》面《めん》もなく言うだけあって、今の商いの真似事《まねごと》が楽しくてならないのだ。金を不浄のものと嫌う武士が多い中で、まぎれもなく変わり者である。

ルリオの子らは、全部で五羽。そのうち二羽がどうやら雌《めす》だったらしい。三羽の雄《おす》は喉《のど》がまだできておらず、ルリオの美声を受け継いでいるかどうかは分からないが、歌の文句を覚えるのは早かったそうで、只次郎も大いに期待を寄せている。

それだけに、近江屋の催促が煩《わずら》わしいのだろう。

「蛇《じゃ》の道は蛇《へび》、菱屋《ひしや》のご隠居に睨《にら》みを利かしてもらっちゃどうだい」

「ええ、そうですね。抜け駆けは許さないと息巻いていますから」

太物《ふともの》問屋菱屋のご隠居もまた、その才覚ひとつで身代を肥やしたやり手である。蛇というより、容貌《ようぼう》からするとどちらも狸《たぬき》。この人なら充分近江屋と張り合える。

「悪い女みたいにさ、どっちにも気を持たしておくんだよ。そしたら勝手に競い合ってくれるからね」

「またまたぁ。そんな経験お勝さんにはないでしょう。あ、痛っ！」

煙管《きせる》の先で小突かれて、只次郎は額を押さえる。こうなるのは分かっているのに、懲《こ》りない人だ。すっかりお定まりになっている。

「女といえばですね、雌の雛の扱いにも困っておりまして」

慣れているせいで立ち直りも早い。額を赤くしたまま只次郎は次の話題に移る。

「メノウも入れて、雌が三羽。正直なところ、場所塞《ふさ》ぎでして」

鶯の美声は雌を呼ぶためのもの、ゆえに雌が「ホーホケキョ」と鳴くことはない。鳴き声を楽しみたい好事家が、求めるのは雄のみである。

メノウは只次郎が摑《つか》まされた雌鳥で、たまたまルリオと番《つがい》になって卵を産んだが、それは珍事というもの。飼い鶯は雌雄の籠を同じくしても決して番にならないらしい。鳴きもせず子も産まず、かといって今さら野に放っても生きてはゆけぬ。ルリオから歌を習いたい預かりの鶯が増えるこの時分、雌は持て余しぎみになるのだ。

「雌なんて、タダでももらってくれる人はいませんからね」

金に糸目はつけぬとまで言われる雄の雛とは、雲泥の差。同じ女として、これはもの申したくなる。

「ですが、雄が鳴くのは雌のためなのでしょう」

「ええ、それはもちろん」

「だったら雌が傍《そば》にいたほうが、張り合いが出るんじゃありません？」

「あ、そうか！」

只次郎は察しがいい。お妙が軽く水を向けただけで、ぽんと手を打ち鳴らす。

「鳴きの悪い雄を鳴かせるために、雌を貸し出せばいいんですね！」

しかも商いの才がある。お妙は貸し出して金を取るところまでは考えていなかった。

「助かりましたよ、お妙さん」

礼を言われるほどではないが、にっこりと微笑《ほほえ》み返す。日が傾き、室内はさらに薄暗くなっているのに、只次郎はなぜか眩《まぶ》しそうに目を細めた。

そろそろ行灯《あんどん》に灯を入れなければ。そう思い身を翻《ひるがえ》そうとしたところ、勝手口の引き戸がガタリと開いた。

「ねぇ重蔵さん。ちょっと手を貸しておくれでないかい」

逆光になり、戸口に立つ人の顔は見えない。だがそのよく通る声は、裏店に住まうおえんのものだった。

どこからか飛ばされてきた鯉《こい》のぼりが、長屋の屋根に引っかかっている。あのまんまじゃ風にあおられて破れちまうから取ってくれろと、おえんは重蔵を引き連れて出て行った。

二

近ごろ重蔵は男手の足りない日中に、裏店のおかみ連中に駆り出されることが増えている。背が高く腕っぷしのいい重蔵は、力仕事にはうってつけ。目つきが鋭くておっかないとはじめは遠巻きにされていたが、今や引く手数多《あまた》である。

「いいんでしょうかねぇ、あれで」と、首を傾《かし》げるのは只次郎。浪人者である重蔵が仕官の道を探りもせず、堕落してゆくのではないかと危ぶんでいる。

「なに言ってんだい。あんたはあの浪人が、女たちにちやほやされてんのが気に食わないだけだろ」

「ち、違いますよ。私はただ草間殿の身のためを思って――」

やけに焦っているのは、お勝の指摘が中《あた》らずといえども遠からず、だったがゆえか。

お妙には、重蔵に仕官の意思があるのかどうかも分からない。このまま浪人者として、市井に紛れて暮らすのが幸せならそれもいいだろう。どうやら訳ありらしいと踏んで、上野国《こうずけのくに》の出だという嘘《うそ》にはまだ気づかぬふりをしている。

「だけどアンタは武士なんざつまらないから、商人になりたいんだろ？　だったら重蔵さんが士分を捨てて町人になったって、べつに構わないじゃないか」

それもそうだと、行灯に灯を入れ終えてお妙は顔を上げた。士分にこだわらぬところが只次郎という男の面白さ。なのに重蔵にそれを許さないのは、矛盾である。

言葉に詰まった只次郎を弄《いじ》るように、お勝はにやりと口元を歪《ゆが》める。ちょうどそのとき、裏手でわっと子供らの歓声が上がった。

「なんだか賑わってますね。見に行ってみましょう」

お勝から逃れる口実ができたとばかりに、只次郎が腰を上げる。そのまままさりげなくお妙の手を取った。

「あ、でも」

「いいよ。店は見とくから、行ってきな」

どのみち他に客はいない。お勝に目を向けると、しっしっと追い払われてしまった。

先日只次郎に手を握られたところをおえんに見られ、散々からかわれたのでこのまま出てゆくのは面映《おもは》ゆい。たとえ犬の子がじゃれつくようなものだとしても、そうは見てくれない人もいる。お妙は勝手口を出る際に、握られていた手をそっと外した。

「ああ、これは爽快《そうかい》ですねぇ」

只次郎はさほど気にせず、どぶ板を踏み渡り井戸端に立つ。どこの裏店でもそうであるように、井戸の周りはやや開け、小さな稲荷《いなり》と芥溜《ごみた》め、そして厠《かわや》が作られている。井戸の隣は細い竹を組み合わせただけの物干し場。そこに手拭《てぬぐ》いや褌《ふんどし》ではなく、墨色の鯉が悠然と泳いでいた。

「鯉じゃ、鯉じゃ」と、子供たちが大喜びで飛び跳ねている。さっきの芥子坊主も、大きい子の真似をしてたどたどしく飛ぶ。

他のおかみ連中も出てきて鯉のぼりを見上げる中で、横幅のあるおえんは目立つ。お妙は傍に寄って、その耳元に囁《ささや》いた。

「元の持ち主に返さなくっていいんですか」

「そうは言ったって、どっから飛んできたのか分からないからねぇ。ま、ここに飾っときゃいいんじゃないかい」

おえんはそう言って悪戯《いたずら》っぽく舌を出す。持ち主が分からないのをいいことに、ちゃっかり裏店のものにしてしまうつもりらしい。

五月五日の端午《たんご》の節句に男の子の武運長久を祈るという風習は、元は武家のものだった。この日は先祖伝来の鎧兜《よろいかぶと》を飾り、屋外には武者絵の描《か》かれた幟《のぼり》を立てる。

だがなにごとも武家の真似をしたがるのが町衆というもの。はじめ厚紙で作られていた兜は年と共に精巧に、絵幟のてっぺんには誰《だれ》が考えたのか、紙で作られた鯉のぼりがつけられるようになった。男の子の立身出世を祈って、鯉の滝登りに材を取ったのだろう。その鯉のぼりもまた、年々大きくなってゆくようだ。

とはいえそんなものを大っぴらに飾れるのは、せいぜい裕福な商家というところ。裏店にそれほどの余裕はない。風に飛ばされてきた鯉のぼりくらい、我がものにしたっていいじゃないかというわけだ。

なにより子供たちが喜んでいる。今さら鯉のぼりを取り上げることは、お妙にもできそうになかった。

「そんなことより、あれ、いいのかい？」

　鯉のぼりから目を転じ、おえんが意味ありげな笑みを浮かべる。視線の先では重蔵が、おかみさんの一人に話しかけられていた。

　あれは箍屋《たがや》の女房である。遠目に見ても分かるほど、重蔵に秋波を送っている。取り立てて美しいわけではないが、むっちりとした腰つきがそそる女だ。

見られている気配に気づいたか、重蔵がこちらを振り返る。お妙と目が合うと、片《かた》頰《ほお》を持ち上げ笑みのようなものを作った。

「ああ、はいはい。あんな女はお妙ちゃんの敵じゃないみたいだね」

「おえんさん、いい加減にしてください」

重蔵との仲を色恋に結びつけられるのはうんざりなのだが、何度言ってもおえんには伝わらない。いひひと首をすくめ、声をひそめる。

「それで、どうすんの。お侍さんにまで気を持たしちゃってさ。どっちを選ぶんだい？」

おえんの言うお侍さんとは、只次郎のことである。その言い草ではお妙がまるで、お勝が言っていた「悪い女」のようではないか。

「どっちも選びません！」

ぴしゃりと撥《は》ねつけるとおえんは「おお、怖」と笑いながら、他のおかみさんのところに逃げて行った。

「ん、もう」

「すっかり馴染《なじ》んでいるみたいですね」

溜《た》め息《いき》をついたところへ背後から声をかけられ、お妙は飛び上がりそうになる。思いのほか、近くに只次郎が立っていた。

その目は憂《うれ》いの色を含み、重蔵へと向けられている。重蔵は箍屋の女房にはなびかずに、子供らにせがまれるまま肩車をしてやっていた。甲高い笑い声が、茜色《あかねいろ》の空によく響く。

もしや只次郎は、重蔵が羨《うらや》ましいのではないだろうか。士分を捨てたくても捨てきれぬしがらみが、浪人者の重蔵にはない。そんな胸の内が先ほどの、矛盾に繋《つな》がるのではないかとふと思った。

「お妙さん、升川屋《ますかわや》さんの初節句の料理は決まりました？」

そう言って微笑みかけてくる只次郎は、いつもの顔に戻っている。お妙はなぜかほっとして、「それが、まだなんです」と首を振った。

男の子が生まれた酒問屋升川屋では、この端午が初節句。ひと月も前から節句料理を頼まれてはいたが、手鞠寿司《てまりずし》のように祝膳《いわいぜん》に色を添える一品を考えるだけでいいのだと思っていた。ところが蓋を開けてみれば、その日の升川屋での宴席の料理を、お妙に任せたいと言うではないか。

「なんせ孫の顔見たさに、お志乃《しの》の親が灘《なだ》から出張って来るらしいんだ。江戸の料理じゃ口に合わねぇだろ。だから頼むよ、お妙さん。上方風の味つけで作っちゃくんねぇか」

升川屋の主、喜兵衛《きへえ》には手を合わせて拝まれ、妻のお志乃からも後に「相談したいこともあるのでぜひに」という手紙が届いた。大奥様もお妙に会うのを楽しみにしているというし、上方の味が出せる料理人となれば探すのに骨が折れる。断るのも気の毒で、つい引き受けてしまったのだ。

「尾頭つきの鯛《たい》と柏餅《かしわもち》はあちらで用意すると聞いているんですが」

端午の節句の縁起ものといえば、東は柏餅、西は粽《ちまき》。その他の食材としては出世魚の鰤《ぶり》、「勝つ」に通じる鰹、赤い色がめでたい海老《えび》に、まっすぐ伸びますようにと筍《たけのこ》。見通しのよい蓮《はす》や、マメマメしい豆類も捨てがたい。

そういったものをあれこれ取り交ぜて考えてはいるが、どれもいまひとつ決め手にかける。美味しいのはもちろん、華やかで端午らしい、節句料理の目玉となる一品がほしかった。

「決め手、ですか」

お妙の悩みを受けて、只次郎もまた腕を組む。

「たとえば、あの鯉のぼりを模《かたど》ったなにかとか」

風にそよぐ鯉のぼりを見上げつつ、思いつきを口にする。お妙は頬に手を当てた。

「でもちょっと、色合いが地味じゃありません?」

このころの鯉のぼりは、墨色をした真鯉のみ。緋鯉《ひごい》や子鯉の登場は、時代をもっと下らねばならない。

「鯉だということさえ分かれば、色は好きにしていいんじゃありませんか。鳥居清長《とりいきよなが》の錦絵《にしきえ》だって、川の水が青くないものもありますよ」

鳥居清長は、当代人気の絵師である。美人画や、黄表紙の挿絵もよく描いていた。その絵のいくつかを思い浮かべ、お妙は「なるほど」と目を輝かす。

鯉のぼりは風が吹くかぎり泳ぎ続ける。沈みかけの夕日を受けて、その姿はほんのりと赤みを帯びていた。

三

五月五日はあいにく雨模様の天気となった。

小雨の降る中を、お妙は迎えの駕籠《かご》を断り新川《しんかわ》の升川屋目指して歩いてゆく。前もって仕込みをしておいた食材は、前をゆく升川屋の手代が運んでいる。おかげでお妙は傘《かさ》と、風呂敷《ふろしき》包み一つきりを持っていればよかった。

道々の町家の軒先《のきさき》には菖蒲《しょうぶ》と蓬《よもぎ》が飾られ、子供たちが雨に濡《ぬ》れるのもいとわず菖蒲打ちに興じている。菖蒲の葉を編んで縄状にしたものを、地面に叩《たた》きつけて大きな音が出たほうを勝ちとする遊びである。

パァン！　という小気味のよい音のあと、通り過ぎざまに菖蒲の爽《さわ》やかな香りが鼻に抜けた。じめじめとしたこの湿気は、おそらく梅雨《つゆ》に入ったのだろうが、鬱々《うつうつ》とした気分もすっと凪《な》ぐような匂《にお》いである。

それと同時に潮の香りも強くなってきた。江戸橋《えどばし》、海賊橋《かいぞくばし》、霊岸橋《れいがんばし》、いくつかの橋を渡ればそこはもう霊岸島。朝も早くから尻《しり》っぱしょりの男たちが、忙《せわ》しなく行き交っている。ここは江戸屈指の下り酒問屋街。仲買人によって買われた酒が、人足に運ばれてゆくのである。

新川沿いに立ち並ぶ、白い土蔵が目に眩しい。升川屋の手代に「どうぞ、こちらへ」と促され、四日市町《よっかいちまち》の大店の勝手口に回った。

昨年の冬に訪問したときはお志乃の客としてだったが、今日は裏方である。勝手口はちょうど母屋の台所へと続いており、広い屋敷の中を無駄に歩きまわることもない。

さすがは多くの奉公人の食を支える台所だ。声が響くほど広く、綺麗《きれい》に掃き清められている。一段上がったところに奉公人が食事を取る板の間があり、手代はそこに持ってきた荷物を置いた。

「使い慣れない台所で大変でしょうが、細かいことはうちの台所方をお使いください」と言って、下働きの女中を二人連れてくる。まだ若そうな二人は、お妙を見てぴょこんと頭を下げた。

竈《かまど》は六つ。緩やかなくの字に並び、右から順に大きくなってゆく。一番大きな左の竈では、常に湯を沸かしているそうだ。いつ客が来ても、熱い茶を出せるようにという配慮だろう。

「よろしくお願いします」

手代が下がってから、二人の女中に会釈を返す。頬にそばかすがあるのがくめ、背の高いおちょぼ口がみつと名乗った。

「あの、ご注文のあった薄口醤油《しょうゆ》はそこの棚に。それと昆布《こんぶ》は昨日の晩から、大鍋の水に浸《つ》けてあります」

「そう、ありがとう」

「いえ、こちらこそありがとうございます」

前掛けを握りしめ、上ずった声を上げたのはおくめだ。顔を真っ赤にして、もじもじと先を続ける。

「ええっと、できれば上方の味つけを、教えてもらいたいのですが」

「もちろん、いいですけど」

お妙が首を傾《かし》げると、おくめの肩を抱くようにして、おみつが身を乗り出した。

「この子、ご新造《しんぞ》様が大好きなんです」

「いやだ、おみっちゃん。なんで言うの」

おくめが両手を握りしめ、おみつをぶつふりをする。微笑ましい光景に、お妙は思わず目を細めた。

「だってあんなうるわしい方、あたしはじめて見たんです。奉公に上がった日の夜は、胸が騒いでちっとも眠れなくって」

若いうちは目上の美しい女に対し、過分な憧《あこが》れを抱くことがある。手で顔を覆ってしまったおくめもそれだろう。愛らしいものが好きなところは、この家の大奥様と気が合いそうだ。

「おくめさんが上方の料理を覚えてくれたら、きっとお志乃さんは喜びますね」

「いえ、そんな。本当におこがましいとは思うんですが」

そう言いつつもおくめは嬉《うれ》しそうだ。聞けば三月五日の出替わりに奉公に上がったばかり。おみつのほうが一年先輩なのだという。

「私からも、ありがとうございます。お妙さんのおかげで大奥様とご新造様の仲がよくなって、働きやすくなりました」

八月《やつき》ほど前にはちょっとした行き違いから、お志乃が離れに引き籠《こも》ってしまい、嫁《よめ》姑《しゅうとめ》の仲はこじれていた。升川屋の奉公人としては大奥様の顔を立てぬわけにはいかず、お志乃を邪険にしたこともある。

だがすべては誤解だったと知れて、ようやく息の詰まる毎日から解放された。家中の揉《も》めごとは、奉公人にとっても辛《つら》いようである。

おみつの話では、子育てに追われつつもお志乃は少しずつ家のことを習い覚えているらしい。距離を置かれていた女中たちとも話をするようになり、おくめのように心酔する者までいるくらいだから、居心地はよくなったはずだ。それなのに、なにを相談したいというのだろう。

ともあれ今は、己のすべきことをまっとうせねば。お妙は帯の間に挟んでおいた襷《たすき》を取り出し、袖《そで》をまとめる。

「それでは、昆布出汁《だし》の引きかたからやりましょうか」

江戸は鰹出汁、上方は昆布出汁。筍などを含め煮にするつもりなので、出汁は命だ。

おくめはまた握りこぶしを作り、「はい！」と元気よく応じた。

昆布出汁は鰹より、磯の風味が強く出る。そのわりに色は出ず上品で、素材の味を邪魔しない。

鍋の湯が沸く寸前で昆布を取り出すと、おくめは「え、もう?」と目を丸めた。

「おみつさん、その海老は茹《ゆ》でて殻を剝《む》いてくれますか。おくめさんは、蓮根《れんこん》を厚めに切って、皮を剝いて水にさらしてください」

お妙は鱚《きす》を松葉おろしにしながら指示を飛ばす。椀《わん》だねに使うつもりなのでその身を千代に結び、臭みの出る尾先は切る。使い慣れた台所なら調味棚から竈まで何歩、水甕《みずがめ》まで何歩と体が覚えているものだが、勝手が違って焦りが出る。

湯通しした鱚を吸地《すいじ》に浸け、いったん落ち着こうと湯冷ましを口に含んだ。大丈夫、宴会まではまだ間がある。

「はぁ、ええ匂いですなぁ」

料理が進むごとに、台所の匂いは少しずつ変わってゆく。煮物を火にかけたところへお志乃のお付きの女中、おつなが鼻をうごめかせながらやって来た。

同じ家の女中とはいえ、台所方のほうが位は下。おくめとおみつが揃《そろ》って頭を下げる。

「お久しぶりです、おつなさん」

「へぇ、今日はほんに、料理を引き受けてくりゃしゃってありがとうございます。間もなくご新造はんと大奥様もお越しになりますんで」

お志乃が来ると聞いて、おくめがさっと姿勢を正す。前掛けの皺《しわ》に気づき、必死に伸ばそうとしているのがいじらしい。

やがてお志乃と大奥様が、板の間に姿を現した。お志乃の腕には、絹のおくるみに包まれた赤ん坊が抱かれている。

「まぁ、お志乃さん。また痩《や》せました？」

妊娠中は少しふっくらとしていたのに、顔周りが小さくなっている。思い詰めるとすぐ食が細くなるお志乃である。どうしたのかと心配になり、お妙は眉を寄せた。

「ええ、そりゃこの子に朝昼晩お乳を吸われてるのやもの。ぎょうさん食べてるつもりでも、追いつきまへん」

だがお志乃はなんでもなさそうに笑っている。食事が喉を通らないわけではなさそうだ。升川屋ほどの大店ともなれば乳母をつけるのが普通なのに、お志乃は自分の乳で頑張っていた。

一月の半ばに子が生まれたから、もうすぐ五月《いつつき》。夜泣きであまり眠れてはいないだろうに、可憐なお志乃の笑顔にはしなやかな強さが感じられる。

灘の造り酒屋から十八の冬に嫁いできて、一年と半年。ようやく江戸に、たしかな根を下ろしたのだ。

「赤ちゃん、見せてもらってもいいですか」

赤子の顔は、おくるみに隠れている。さぞかし可愛《かわい》いことだろうと、お妙は胸を弾ませた。

「ええ。せやけどこれが、困ったもんで」

ところがお志乃はにわかに顔を曇らせる。板の間に膝をついてから、お妙にも見えるよう赤子を抱き直した。

「あらまぁ」

ようやく見えたその顔は、赤く腫《は》れてただれている。それどころか薄い瘡蓋《かさぶた》が鱗《うろこ》のように、びっしりと額を覆っているではないか。

「千寿《せんじゅ》、いいますの」

名前のめでたさとは裏腹に、同情を覚えるほどの肌である。ここまで荒れると、千寿もきっと痛かろう。

「ほんまはもっと、綺麗になってから会ってほしかったんやけれど」

医者にもらった軟膏《なんこう》を朝晩塗り込んでいるのだが、ちっともよくならないのだという。母親の心配をよそに、千寿はすやすやと眠っている。

「顔ほどではないですが、体中に出ているのですよ」

後ろに控えていた大奥様も、孫を覗き込むように腰を屈《かが》める。

「乳飲み子のうちは肌が荒れるものですが、こんなにひどくただれるなんて。本当にもう、可哀想《かわいそう》で」

生まれてしばらくのうちは体の毒が出るため、あたりまえに肌が荒れる。とはいえ千寿の荒れようは、息子を一人育て上げた大奥様から見ても甚《はなは》だしいようである。

「せやから、お妙はんに相談してみとうて」

「そうは言っても、私は医者ではありませんからね」

藁《わら》にもすがりたい気持ちなのは分かる。だがお妙に子はないし、お勝も今日は一緒ではなく、経験にも頼れない。

「そろそろお粥《かゆ》の上澄みなんかを、少しずつ食べさしていこうと思てますの。肌にええ食べ物って、ありまへん？」

「そうですねぇ。お野菜や青魚、こんにゃくなんかもいいですが、さすがにまだ早いですし」

赤子には歯が生えはじめたら粥の上澄みを時々与え、歯が生え揃う二歳半までは食より乳を多く、三、四歳は乳より食を多く、五歳からは乳を与えぬのがよいとされている。

歯が生えるのは乳以外のものを食べるため。歯が生えぬうちから食べさせると、病弱に育ってしまうおそれがあった。

「やっぱり、そうどすわなぁ」

「すみません、お役に立てなくて」

「気にせんといて。もしかしたらと思て聞いてみただけですよって」

お志乃はそう言うが、落胆の色は隠しきれない。千寿を抱かせてもらうと、甘い乳の匂いがふわりと香った。顔立ちが整っているだけに、荒れた肌がいっそう哀れである。

「料理の支度が整ったら、座敷のほうに来てもらえまへん？　父と母が、お妙はんにご挨拶《あいさつ》したいと言うてますんで」

「ええ、伺います」

お志乃の両親は、一昨日《おととい》から升川屋に滞在しているそうだ。母親にとってははじめての江戸。やはり料理が口に合わないらしい。

「では、あまり邪魔をしてもいけませんから行きましょうか」

「ほな、楽しみにしてますえ。あんさんらも、よろしい頼みます」

千寿を抱き取り、お志乃が立ち上がる。

去り際に労《ねぎら》われ、おくめが「は、はい！」と裏返った声を発した。


しとしとと降っていた雨が、正午前には小止《こや》みになった。

露《つゆ》を含んだ下草が、着物の裾《すそ》を湿らせる。今日から単衣《ひとえ》になったばかり。裏地がついていないぶん、ぺたりと足に貼《は》りついてくる。

料理は仕上げだけとなり、お妙はいったん台所を出て広い庭を散策していた。以前お志乃の手を引いて歩いたときと、同じ庭でも趣《おもむき》が違う。紫陽花《あじさい》、著莪《しゃが》、梔子《くちなし》の花。初夏の草花は目に涼しく、雨の雫《しずく》がよく似合う。

お妙は借り物の鋏《はさみ》を手に、足元を見回しながら歩いてゆく。これほどの庭ならば、きっとあの花も咲いているはず。お志乃の産屋《うぶや》として建てられた離れを通り過ぎ、土蔵の裏に回ってすぐに、お目当てのものは見つかった。

白く可憐な十文字の花。お妙はその傍らにしゃがみ込むと、茎を根本からぷつりと切った。

四

料理がすべて出来上がると、給仕は女中がやるというので、お妙は母屋の座敷に呼ばれた。

眠る千寿を膝に抱き、お志乃の父が床の間を背にして胡坐《あぐら》をかいている。骨の太い強健そうな男で、お志乃はその隣に座る母親に似たのだろう。人形のように小作りな顔は、ひと目で母と娘と知れる。

その二人の向かいに、升川屋、大奥様、そしてお志乃が並んで座っている。お妙は座敷の手前の縁側に膝をつき、頭を下げた。

「あかんあかん、そんなところやのうて、中へ入り。あんさんは志乃の恩人やないか」

見た目に違《たが》わず、お志乃の父は声が大きい。いいのだろうかと戸惑っていると、升川屋が頷《うなず》きかけてくる。

「もっとこっち。近くに来なはれ」

末席へ移ってもまだ遠いと手招かれ、ついにはお志乃の母の隣にまでにじり寄ってしまった。

おつなと年輩の女中が、片口の銚子《ちょうし》と外黒内朱塗りの蝶足膳《ちょうあしぜん》を運んでくる。盃はお妙の膝先にも置かれた。

「さぁさ、お妙はん。灘の旨《うま》い酒ですよって、どうぞ一献」

そう言って、父親自ら銚子を差し出してくる。注がれた酒からは、ふわりと菖蒲の香気が立ち昇った。菖蒲の根を細かく刻んで酒に浸した、菖蒲酒《しょうぶざけ》だ。

「どうしてもお妙さんに、礼を言いたいとおっしゃるんだ。まぁクイッといってくだせぇ」

升川屋にも勧められ、お妙は盃に口をつけた。灘の酒の澄んだ甘さに、菖蒲の香りが溶け込んで実に旨い。

「ほんに一人娘ゆうて甘やかしてしもたよって、こちらの大奥様にもお妙はんにも、えらい迷惑をかけたようで」

お志乃の母は、声まで娘によく似ている。お妙は「そんな、迷惑だなんて」と首を振った。

「お妙はんがおらんかったら江戸はもっと住みづらかったやろうし、お義母《かか》さんとも仲ようはでけんかった。ほんに感謝してますのえ」

お志乃がそう売り込むせいで、「おおきに、おおきに」と観音様のように拝まれて、たいそう居心地が悪かった。

「それよりお妙さん、料理の解説をしちゃくんねぇか」

升川屋が話の流れを変えてくれたおかげで、ようやく息がつけた。お妙は「僭越《せんえつ》ながら」と居住まいを正す。

「右手前の小鉢は蓬豆腐です。くずした豆腐に本葛《ほんくず》、お出汁、それから蓬を練り込んで固めたものを、軽く炙《あぶ》って、甘辛いたれを絡めました」

「焼いてあるんですか。珍しい」

驚きの声を上げたのは大奥様だ。蓬豆腐は蒸したてか、冷やして食べるのが普通である。

「その隣が蓮、筍、蕗《ふき》の炊き合わせ。薄口醬油で煮てあります」

蕗もまた、富貴に通じる縁起物。野菜の煮物は上方風の味つけのほうが旨い。お志乃の母が、「まぁ、それはありがたい」と目を細めた。

「そして奥の皿が、大豆と紅生姜《べにしょうが》のかき揚げです。木の芽塩を添えてありますので、よろしければどうぞ」

紅生姜の酸味だけでも充分味はついているが、木の芽を叩き入れた塩を合わせると、ほろ苦さが加わって深みが出る。

「お父《とと》はん、食べづらいやろうから千寿をこっちへ」

せっかくのご馳走《ちそう》も、千寿にはまだ早い。よく眠っているのでそのまま掻《か》い巻《ま》きの上に横たえられてしまった。

「まぁ、美味しい。香ばしくて、少し蓬麩《よもぎふ》に似た感じ」

「炊き合わせも、京料理みたいな上品さですなぁ」

「かき揚げがまたもっちりして、淡泊な大豆に紅生姜と木の芽がよう効いとるわ」

千寿の初節句なのに、舌鼓を打つのは大人ばかり。もっともお志乃が滋養をつければ乳もよく出るだろうから、それでいいのだが。

景気のいいことに次の膳は、鯛の尾頭つきが一人につき一尾ずつ。運んできたおつなを呼び止めて、お志乃が酒の追加を頼む。さすがは造り酒屋と酒問屋、お志乃の父も升川屋もそうとういける口で、差しつ差されつ盃が進む。

「どないです、婿殿。灘目《なだめ》の酒はあんじょう売れとりますか」

「そりゃあもちろん。伊丹《いたみ》も池田《いけだ》も目じゃございません」

「御免関東上酒《ごめんかんとうじょうしゅ》ゆうのは？」

「そんなものは灘の酒に比べりゃ下の下の下。ありゃ火入れがまずいんでしょうなあ」

伊丹も池田も、上方の古い酒所。だが近年江戸に出回る酒は、海に近く運送の手間が省ける灘ものに取って替わられている。御免関東上酒は関八州《かんはっしゅう》でも下り酒に負けぬ酒を造らんとお上の旗振りで始められたが、二年経《た》っても江戸っ子の舌を唸《うな》らせるものはできていなかった。

「昨日と同じこと言うたはる。だんさんもお父《とと》はんも、ほどほどに」

この調子で昨夜も酒を過ごしてしまったのだろう。銚子を受け取りつつも、お志乃は眉間《みけん》に皺を寄せる。

「めったに会われへんのやから、ええやないか。お前がそないカリカリしとるから、乳が悪うなって千寿があないな顔になってしまうんやで」

お志乃の父の言い草に、お妙は驚いて盃を取り落としそうになった。

早口だったため、西の言葉に慣れていない大奥様と升川屋には意味が摑めなかったようだ。お志乃の母が気まずそうに、夫と娘を見比べて目だけで詫《わ》びた。

お志乃は顔を真っ赤にして、なにも言い返せずにうつむいてしまう。本当は、はじめて会わせる我が子を手放しで褒めてもらいたかったのだろう。千寿のただれが治らないことに誰より胸を痛めているのに、あまりな言われようだった。

「ささ、婿殿もお妙はんも、もう一献」

ところがこの父親ときたら、お志乃の様子に頓着《とんちゃく》もせず笑っている。おそらく千寿の肌のことも、男の子なのだしと、さほど気にはしていないのだろう。豪胆ゆえに、周りへの配慮が足りぬお人らしい。

お志乃は顔を上げぬまま、膝先をさっと背後で寝ている千寿に向けた。

「ああ、はいはい。お乳か、それとも襁褓《むつき》か？」

お妙が見たところ、千寿はまだよく眠っている。それでもお志乃は甘い声であやしながら立ち上がる。

「ちょっと、お乳をあげてきますわ。気にせず続けとくれやす」

そう言い残し、座敷を出て行ってしまった。

お妙もまた失礼して、その後を追おうと腰を浮かしかける。だがその前に、次の料理が運ばれてきてしまった。

次の膳の上にはお菜の他に飯ものと汁が載っており、もったいぶって後から出したが、本当はこれが本膳である。

膳が置かれると誰からともなく、「わぁっ」という声が上がった。

まずは初物である茄子《なす》の田楽《でんがく》。上方なら白味噌《しろみそ》をかけるところだが、あえてこっくりとした赤味噌を溶いた。猪口《ちよこ》に入っているのは鰹の角煮。あとは人参《にんじん》と蕪《かぶ》の紅白《こうはく》膾《なます》である。

「升川屋さんからは上方風の味つけでと頼まれましたが、せっかく江戸にいらっしゃったのですから、田楽と鰹は江戸風に。お口に合えばいいのですが」

茄子には白味噌より赤味噌、鰹には濃口醬油が合う。「召し上がってみてください」と勧められ、お志乃の母は恐る恐る箸《はし》を取った。

「あれ、ほんま。濃口醬油はお醬油臭うなるのが嫌やけど、むしろ鰹の臭みが飛んで美味しいわ」

鰹をひと切れ口に含み、目を丸める。初夏の江戸といえば鰹。目玉が飛び出るほどの値がついていた先月とは違い、気軽に買えるようになった。

「おお、茄子はトロトロや。油でじっくり揚げてあるから、濃い味の味噌のほうが合うんやな」

お志乃の父は田楽に箸を伸ばし、目元を蕩《とろ》けさせている。「白味噌より酒が進む」と喜んでおり、酒量を心配していたお志乃には少し申し訳ない。

「ああ、赤味噌って香ばしいんやねぇ。はじめて食べましたけど、これやったら家でも食べたいわぁ」

母親にも気に入ってもらえたようで、ひと安心。こればかりは嗜好《しこう》の問題なので、受けつけぬかもしれぬと危ぶんでいた。それでも灘で食べられるようなものばかり出しては、面白みに欠ける。少しくらいはお志乃が根を張り暮らしている江戸の味を、知ってもらいたかったのだ。

「お吸い物は鱚と三つ葉。色は澄んでいますが醤油仕立てではなく、味噌澄ましにいたしました」

魚が喜ぶと書く鱚は、公方《くぼう》様の毎朝の膳にも上る縁起物。味噌澄ましは味噌を溶いて味をつけた出汁を、さらしで漉《こ》したものである。このときギュッと絞らずに、自然に落ちるのを待たねば濁ってしまう。

御免関東上酒とは違い、醤油は関八州のものが江戸に多く出回っているが、かつてはこれも上方からの下り物。高くて容易には手が出せず、それでも澄んだ汁が飲みたいと、編み出されたのが味噌澄まし。金がないなら手間をかける、江戸っ子の知恵である。

「不思議やわ。ほんのりお味噌の味がしとるのに、味噌かすのかけらもあらへん。お味噌はなにを使うてはるの？」

「本日は信州《しんしゅう》味噌にしました」

白味噌だと甘みが勝ちすぎる、色の濃い味噌では汁自体に色がつく。味噌問屋の三《み》河屋《かわや》に相談してみたところ、勧められたのが色は淡く塩味の強い信州味噌だった。

「くせの少ない、すっきりとしたええお味。そのお味噌はどこで買えますのん？」

「日本橋駿河町《するがちょう》の三河屋さんです。升川屋さんとは馴染みですよ」

「気に入ったんなら、手代に買いに行かせやしょう。あすこは舐め味噌も旨いんですよ」

お志乃が退室したわけにも気づかずに、升川屋は盃を重ねて機嫌がいい。「やっぱりお妙さんに頼んでよかった」と、お妙を持ち上げる。

「こっちの意を汲《く》んだ上で、どうすりゃ客がより満足するかを考えてくれる。お志乃もこうやって少しずつ、江戸の味に馴染んできたんですぜ」

「ええ、そうですね。それにご飯も綺麗。これはもう、解説を待つまでもありませんね」

大奥様が飯ものの出来を褒め、こちらに目配せを寄越してきた。接待側の自分が席を外すわけにはいかないから、お志乃を頼むということだろう。おつなも給仕に忙しく、お志乃に構える者は他にいない。

「ありがとうございます。では私は、いったんこれで」

畳に手をつき、退席の意を述べた。

「まぁそう言わんと」とお志乃の父が引き止めるのを、「お妙はんかて忙しいんやから」と母親が取り成してくれる。こちらも娘が気になるようで、目が合うと申し訳なさそうに頷き返してきた。

五

升川屋の屋敷は広い。お志乃を探して奥座敷を出たものの、どの部屋に逃げ込んだのか見当もつかない。

お店者が働く表の間に行くことはないだろうが、奥向きの部屋だけでもいくつあるのか。まさか襖《ふすま》や障子を開けて回るわけにもいかず、お妙はひとまず台所へと足を向ける。

「お妙さん、お妙さん」

その途中の縁の下で、おくめが立って手招きをする。座敷でなにがあったかは知らないが、お志乃が顔を真っ赤にして通って行ったのを心配しているのだろう。なにも言わずに、少し行った先の角部屋を指差した。

「ありがとう」

礼を言って、閉められた障子の前に立つ。「お志乃さん、開けてもいいですか」と尋ねると、中から「へぇ」と返事があった。

ここが夫婦の居間なのだろうか。布団を敷いた上にお志乃が横座りになり、千寿に乳を与えている。泣いているかと思ったが、千寿が起きて乳をほしがり、それどころではなかったようだ。

「あら、可愛い」

千寿は黒目がちの目を見開いて、懸命に乳房に吸いついている。誰に教えられたわけでもないのに、いじらしいほどひたむきである。

「お妙はん、すんまへん。せっかくのお料理やのに、途中で出てきてしもて」

「そんなことは気になさらないでください」

お妙は首を振りながら畳に座す。うぐうぐと、千寿が喉を鳴らす音が聞こえてくる。着物の身八つ口から乳を与えたほうが、前をはだけるより楽なのだという。

脇に当てた手拭いの位置を直しながら、お志乃は寂しげに笑った。

「お父《とと》はんに悪気がないんは、よう分かってるんですけどね」

豪胆な父と、繊細な娘。これまでにも不用意な発言は、幾度となくあったのだろう。

だがこの度は千寿にまつわること。笑って聞き流すことは、とてもできなかったに違いない。

「それやのうても子育てゆうのは、これでええのかと不安なことばっかり。お母《かか》はんにはお百度でも踏んできたらて言われるし、もううんざりや」

そんなんで千寿の肌が治るんやったら、千度でも踏んだるわと、お志乃は小さな声で悪態づく。あの気弱そうな母親は、なにかというと神仏に頼るたちのようだ。信心だけですべてがよくなるのなら、誰も苦労はしていない。

千寿は腹がくちくなったのか、乳房から口を離して目をとろんとさせている。「心配することとありませんよ」と慰めるには、その顔はあまりにも痛々しい。お志乃の父母が余計な口出しをしてしまうのも、決して分からなくはなかった。

「よしよし。肌さえ治ったらあんた、誰より綺麗な赤さんやのになぁ」

お志乃は着物の乱れを直し、千寿を縦に抱いて背中を叩く。げっぷを促しているのである。

「あの、おくめさん」

おそらくまだいるのだろうと、お妙は障子の向こうに声をかけた。案の定、「は、はい！」と上擦《うわず》った返事がかえってくる。

「私がさっき煮ていた小鍋、もう冷めているでしょうから持ってきてもらえますか」

「かしこまりました！」

ばたばたと、忙しない足音が遠ざかる。すかさず「静かに！」と注意するあたり、お志乃もこの家の若奥様が板につきはじめている。

「鍋て、なにを作らはったんどす？」

「それが、ほんの思いつきなんですが」

自信があって作ったものではない。言い淀《よど》むお妙に、お志乃は「あら、珍し」と首を傾げた。

「まぁお妙さんの作らはるもんは、なにかて美味しいどすけどな」

おくめが小振りの土鍋を折敷に載せて、おっかなびっくり運んできた。お妙が用意しておいた、湯呑《ゆのみ》と玉杓子《たまじゃくし》もちゃんと添えられている。鍋の蓋を取ると、麦湯のような色をした汁がとぷりと揺れた。

なにげなく鍋の中を覗き込み、お志乃が「うっ」と鼻を押さえる。

「なんですの、これ」

独特の、鼻につくにおい。台所で煮出している間、おくめもおみつも臭い、臭いと大騒ぎだった。

「すみません。しっかり乾燥させればにおいはましになるんですが、今日は暇《いとま》がなかったので」

お妙も鍋に顔を近づけ、眉を寄せる。乾燥させる代わりに鉄鍋で煎《い》っておいたが、火の入れ具合が足りなかったのかもしれない。

「だから、なんですの」

「どくだみの葉を、煎《せん》じたものです。土蔵の裏に生えていたのを、失敬しました」

それをひと摑みほど、細かく刻んで水から煮出し、半分になるまで煮詰めたものだ。

お志乃が恐ろしいものを見るような目を、こちらに向けた。

「もしや、これを飲めと？」

「飲むのが辛ければ、千寿さんに塗ってあげてもいいかと」

どくだみは「十種の薬の能ありて十薬となす」と言われるほどの、効き目の強い薬草である。服用すれば体に溜《た》まった毒を、外に追い出してくれるという。

「私の父が乳飲み子のいる母親に、教えていたのを思い出したんです。どくだみを煎じたものを飲むと、毒出しの効能がお乳から子に伝わると。毒虫に刺されたときにこれを塗って、ただれた腕が綺麗に治ったこともありました」

「お妙はんのお父はんって、たしか」

「ええ、医者でした」

十《とお》で死に別れた父親だが、お妙が知りたがることはなんでも教えてくれた。たとえば五月は別名を毒月という。長雨と湿気でものが腐り、病が広がりやすくなるからだ。中でも五日は九毒日《きゅうどくにち》のはじめとされ、邪気を払う菖蒲や蓬が飾られる。端午は今では男の子の節句とされているが、元の起こりは厄払いの神事であった。

「どくだみは花の咲く時分が、もっとも効能が高いそうです。香りさえよければ、端午に飾られていたのはこのどくだみだったかもしれませんね」

蚊に刺されても、どくだみの汁を塗ればたちまち痒《かゆ》みが癒《い》える。生葉を揉《も》んで鼻に詰めれば、鼻詰まりもすぐに治まる。使い道はごまんとあるのに、においで損をしている草花である。

「もっとも千寿さんのただれに効くかどうかは、いまひとつ自信がないのですが」

「分かりました、お妙はんのお父《とと》はんを信じまひょ」

どのみち他に手立てはないのだ。お志乃は眦《まなじり》を決して頷いた。

「でも本当に、少しでも悪くなったらすぐお医者様に診《み》せてくださいね」

「かましまへん。どうせ高いお金だけ取って、効かへん軟膏くれるだけですよって」

そう言ってお志乃は自ら玉杓子を取り、どくだみ汁を湯呑に注いだ。

「飲むんですか？」

「もちろんどす！」

たとえ恐ろしげな煮汁であっても、千寿に効くかもしれぬとあれば、試してみぬわけにはいかぬ。江戸の料理が口に合わぬと悩んでいたころに比べれば、ずいぶん強くなったものである。

それでも湯呑を鼻に近づけると、お志乃は「うっ」と息を詰めてしまった。

「無理はなさらないほうが」

「いいや、飲みます。千寿に痛い思いをさせるんはもう嫌や！」

部屋を出て行きそびれたおくめまで、はらはらとなりゆきを見守っている。お志乃は何度か大きく息を吐くと、手にした湯呑を一気にあおった。

「うっ、苦ぁ！」

眉間に皺を寄せ、空になった湯呑を置く。おくめが慌てて出て行ったのは、水でも取りに行ったのだろう。目尻に涙が浮くほどに、飲みづらいものだったらしい。

「五日ほど陰干しをすれば、もっと飲みやすくなるはずなんですが」

「そうどすか。ほなさっそく、おつなとどくだみ取《と》てきてやりますわ」

どくだみを触ると、手にしばらくにおいがつく。巻き込まれるおつなにとっては災難だが、大事な「ご新造はん」のためなら厭《いと》わないだろう。

「あ、あの。あたしもお手伝いさせてください！」

水差しを手に戻ってきたおくめが、しどろもどろになりつつ声を絞り出す。

お志乃の味方が、また一人増えたようである。


「ヤレ目出度《めでた》めでたのハア、ヨイナ、ア若松様のヨー」

奥座敷から調子外れの、太い歌声が聞こえてくる。上手《うま》くはないが、なかなか味のある喉である。

「んもう。お父《とと》はんは、酔っ払ったらいつもあれや」

手拭いに含ませたどくだみ汁を千寿の顔と体に塗り終えて、お志乃は濡れ布巾で手を拭《ぬぐ》う。離れたこの部屋からも、お志乃の父の酔いっぷりが窺えた。

「灘の酒造り唄《うた》ですわ。お酒を仕込むときに職人さんみんなで歌《うと》て、作業の間合いを合わせるんどす」

他にも歌の長さによって仕込みの間隔を計ったり、職人の気晴らしになったりという側面もあるそうだ。誰が作ったとも知れぬ、長年にわたり練り上げられてきた仕事歌である。

「あれが出たんなら、もうすぐ寝はるわ。宴も終《しま》いどすな」

お志乃はようやくすっきりとした笑顔を見せ、千寿に着物を着せかける。一つ身の産着の背には、いびつながら麻の葉模様の縫い取りがしてあった。

縫い目は魔除《まよ》けとされており、背中に縫い目のできない子供の着物には、母親がこうして針を入れる。子の健康を祈る、親の想《おも》いがそこにある。

「ほな、これで様子を窺います。お妙はん、ほんにありがとう」

頭を下げられ、お妙は「いいえ」と手を振った。

「まだ効くかどうかは分かりませんし」

「それでも、気が楽になりました。ああ、ほっとしたら急にお腹《なか》が空《す》いてきましたわ」

そう言ったとたんまるで狙《ねら》いすましたように、お志乃の腹が小さく鳴く。愛らしい音ではあったが、お志乃は「いややわ」と頬を押さえた。

宴がはじまって間もなく退席したので、ほとんど食べていないはず。そのくせ千寿に乳を吸われているのだから、腹が空くのも無理はない。

「おくめさん、お志乃さんの最後の膳は、お座敷に運ばれていなかったと思うのですが」

「はい、持ってきます！」

夢見るような顔で縁側に控えていたおくめが、弾《はじ》かれたように立ち上がる。その挙動はいかにも若々しい。

「せやから、静かにとゆうてるのに」

遠ざかる足音を聞きながら、お志乃が苦笑いを洩《も》らした。


おくめがしずしずと歩けるようになる日は、まだ当分来ないかもしれない。蝶足の膳を捧《ささ》げ持ち、戻ってきたときも足音は殺せていなかった。

「ちょっと、おくめ」

大店の若奥様としては、女中の教育も仕事のうち。威厳を正して座り直したお志乃だったが、膝先に置かれた膳部に「まぁ」と目を奪われた。

「なんて綺麗な鯉のぼりやろ」

大奥様も褒めてくださった、飯ものに感動している。只次郎の案を取り入れて作ったのは、鯉のぼりを模《かたど》った押し寿司だった。

形を作るのは簡単で、長四角の型枠に酢飯を詰め、尾の部分を三角に切り取ればそれらしくなる。酢飯の間には大葉と甘めに炒《い》った鯛のでんぶを挟み、しっかりと押してある。その上に飾りとして錦糸卵を散らし、半分に切った茹で海老と薄切りの胡瓜《きゅうり》で鱗を、絹さやで鰭《ひれ》を表してみた。目は丸く切った蒲鉾《かまぼこ》と、海苔《のり》である。

「見てみ、千寿。お妙はんが、あんたのために作ってくれはったんで。嬉しなぁ」

お志乃は膳部が見えるように、寝かしていた千寿を膝に抱いた。分かっているのかいないのか、千寿は真ん丸な目で押し寿司と、母の顔を見比べている。色鮮やかさに惹《ひ》かれ、その小さな手が押し寿司の海老を摑もうとする。

「あかん、あかん。あんたはまだ食べられへん。せやけど食べられるようになったら、お妙はんに美味しいもんいっぱい作ってもらおなぁ」

無残にただれた子の頰に、滑らかな頰をぴたりとつけ、お志乃はかぎりなく優しい声で囁く。懐かしい、母の記憶が呼び覚まされる情景である。

端午は男の子の武運長久、または立身出世を祈る祭り。だが親が子に望むことなど、お腹いっぱい食べて健《すこ》やかに育ってほしいということくらい。お妙に子はないが、その手助けができるだけでも喜びだ。

「もちろん、なんでも作りますよ」

そう請け合って、伸ばされた千寿の手をきゅっと握る。今はまだ小さいが、この先多くの幸と不幸を、この手に握りしめるのだろう。

いつの間にか、お志乃の父のご機嫌な歌声は止んでいる。

外は梅雨の合間の五月晴れ。水気を含んだ風に乗って、どこからともなく太い鼾《いびき》が聞こえてきた。

駆け落ち

一

どこからともなく涼しげな、風鈴の音が聞こえてくる。

高価なビードロではなく、唐金《からかね》（青銅）の音だ。炎暑の候とて、表の入口から勝手口まで、昼の間は戸が取り払われている。風鈴はおそらくは裏店《うらだな》の、軒下《のきした》にでも吊《つ》り下げられているのだろう。

「ふう。あっちぃ、あっちぃ」

越後《えちご》帷子《かたびら》の衿元《えりもと》を寛《くつろ》げ、新川の酒問屋升川屋が賽《さい》の目《め》に切られた西瓜《すいか》を頬張《ほおば》る。左手に団扇《うちわ》を握り、着物の中に絶え間なく風を送り込んでいる。

「まったく、『ぜんや』があってよかったぜ。危うくそこらの野良犬みてぇに、道端で伸びちまうとこだった」

昼八つ半（午後三時）を過ぎても日差しは衰えることを知らず、無防備な月代《さかやき》をじりじりと焼く。実際に日蔭《ひかげ》を見れば、犬も人も区別なく横に長くなっている。出職《でしょく》の職人や外回りなど、休息を取らねばとてもじゃないが、体がもたぬ暑さである。

水無月《みなづき》十三日、お馴染《なじ》み神田花房町《かんだはなぶさちょう》の居酒屋『ぜんや』。給仕のお勝が「本当にねえ」と首元に手拭《てぬぐ》いを押し当てる。

「竈《かまど》の前に立ってると、暑さで気が遠くなっちまうよ」

「えっ」升川屋と並んで床几《しょうぎ》に腰掛けていた林只次郎は、意外に思い顔を上げた。

「お勝さん、料理なんかするんですか」

「アンタねぇ。アタシだって家じゃ飯くらい炊《た》くんだよ！」

「あ、痛っ！」

向こう脛《ずね》を容赦なく蹴《け》られ、只次郎は身を丸めた。なんという足癖の悪さ。客を客とも思わぬ所業である。

抗議の声を上げようとしたが、その前に軽やかな笑い声が耳をくすぐり、只次郎はつい口元を弛《ゆる》めてしまった。この居酒屋の女主人、お妙が足元にうずくまり、蚊遣《かや》りに火を入れている。松の葉を炭で燻《いぶ》すものとあって、粘りつくような松脂《まつやに》の匂《にお》いが煙と共に立ち昇った。

「笑いごとじゃないですよ。お勝さんたらひどいんです」

「ふふ、仲良しですねぇ」

子供めいた只次郎の訴えは、たゆたう煙のようにいなされる。どうせ汗で流れるのだからと、白粉《おしろい》をごく薄く刷《は》いただけの微笑《ほほえ》みは、輝かんばかりに美しい。何度も水を潜《くぐ》らせた木綿の単衣《ひとえ》が身体《からだ》にゆるりと寄り添って、夏のお妙はいっそう艶《なま》めいて見える。

心の臓が口から跳ねて出そうになり、只次郎は楊枝《ようじ》を手に取り西瓜の切れっ端を押し込んだ。歯を立てると涼やかな果汁が滲《にじ》み出て、体の熱を取り去ってゆく。炎天下を歩いて来た客のために、井戸で冷やしておいたものらしい。いかにもお妙らしい気遣いだ。

傍らに置かれたちろりの酒も、ごくぬるくつけてある。この店で出される酒は季節によって燗《かん》のつけ具合を変えてあり、熱すぎるとかぬるすぎるとか、気になったことは一度もなかった。

折敷《おしき》に並べられた料理は隠元《いんげん》の白和《しらあ》え、茄子《なす》の揚《あ》げ浸《びた》し、鰯《いわし》の梅煮。冬瓜《とうがん》の鼈甲煮《べっこうに》には海老《えび》のおぼろを散らしてある。いずれも口当たりがよくさっぱりとして、食が細くなりがちな喉《のど》にもするりと入る。

「ああ、生き返った。お妙さん、ありがとよ」

料理も頼まず西瓜ばかり食べていた升川屋が、ようやく楊枝を置いて腹を撫《な》でる。皿に山盛りになっていた西瓜は、半分ほどに減っている。よほど喉が渇いていたのだろう。

「この暑い最中にあっちこっち駆け回って、我ながら馬鹿なんじゃねぇかと思うよ」

そのわりに嬉《うれ》しそうなのは、明日から始まる山王祭《さんのうまつり》を心待ちにしてきたからである。徳川《とくがわ》家の産土神《うぶすながみ》、日吉《ひえ》山王権現《ごんげん》の御祭礼。山車《だし》や神輿《みこし》は千代田のお城に繰り込み公方《くぼう》様の上覧《じょうらん》に与《あずか》るため、神田祭と並びこれを天下祭と称す。

山王の氏子《うじこ》域は広く、南は芝口《しばぐち》、西は麴町《こうじまち》、東は霊岸島《れいがんじま》、小網町《こあみちょう》、堺町《さかいちょう》、北は神田まで。今年は二年に一度の本祭りとあって、張り切らぬわけにはいかぬ。

ここひと月は仕事もろくに手につかず、夜毎《よごと》に寄り合っては馬鹿囃子《ばかばやし》の稽古《けいこ》やら揃《そろ》いの衣装の取り決めやら、年番に当たった町ではなんと、数千両の掛かりになるという。旦那《だんな》衆が大枚《たいまい》はたくのはもちろんのこと、裏店に住まう下職《したしょく》まで、女房子供を売り払ってでも金を作るのが江戸っ子の心意気だ。

「ま、お志乃には本当に『阿呆《あほ》ちゃうか』と呆《あき》れられてんだけどな」

ご新造《しんぞ》の上方訛《かみがたなま》りを真似《まね》て、升川屋は決まり悪そうに頰を掻《か》く。灘の産であるお志乃には、素寒貧《すかんぴん》になってでも祭りにかまける男たちの心情が分からぬのだろう。

「そりゃあ、アンタが踊りの女師匠《おんなししょう》んとこに入り浸《びた》ってりゃ、面白くはなかろうさ」

お勝はいつだって、人の痛いところを突いてくる。

「おいおい、人聞き悪ぃぜ。踊り屋台に入ってもらうお師匠さんと、手踊りの相談をしてきただけじゃねぇか」

「ああ、そう。それでわざわざ神田まで、ご苦労なこった」

「あらぬ疑いはやめてくんな。それにお志乃も近ごろは子供の世話にかかりっきりで、前ほど悋気《りんき》を起こさねぇよ」

「寝る間も惜しんで子育てに励んでるときに、亭主は外に出ずっぱりか。こりゃあ禍《か》根《こん》を残すねぇ」

「あ――」

お志乃の不機嫌のわけに、ようやく思い至ったようだ。升川屋は苦い顔になり、手を合わせてお妙を拝む。

「けどよ、祭りに奮い立たなきゃ江戸っ子じゃねぇ。お妙さん、頼むよ。お志乃の機嫌を、ちょちょいと取り持っといてくんねぇか」

お志乃の気鬱《きうつ》を晴らすのは、いつだってお妙である。先日もその知恵により、お志乃の子千寿の皮膚の病が跡形もなく綺麗《きれい》に治ったそうだ。その信望はますます厚く、升川屋もまた臆面《おくめん》もなく頼ってくる。

「なんだい、アンタは進歩しないねぇ。ちゃんと向き合わないと、そのうち愛想を尽かされるよ」

「そうですねえ。女の人の機嫌が悪いのは、話を聞いてもらいたいときですよ」

お勝のみならずお妙にもやんわりと窘《たしな》められて、色男も形なしだ。升川屋は「ちぇっ」と唇を尖《とが》らせた。

「なんでい。俺だってお志乃に祭りを見せてやりたくて張り切ってんのにさ」

「そういや、お志乃さんは山王様の祭りは初めてですよね」

お志乃が江戸に嫁してきたのは、一昨年《おととし》の冬のこと。夏の盛りの山王祭は知らぬはずだ。只次郎は得心して頷《うなず》いた。

「だったらその気持ちを、お志乃さんに伝えてあげればいいと思いますよ」

お妙はそう言って穏やかに笑う。升川屋のほうが年嵩《としかさ》なのに、まるで慈母のような眼差《まなざ》しである。そんな目を向けられては、男の毒気など根こそぎ抜き去られてしまう。

「そういうもんかい？」

「そういうもんさ」

升川屋の気弱な問いかけに、お勝がしっかりと頷き返す。夫婦とはいえ元は他人だ。言葉は架け橋、言わずとも分かるだろうでは、溝は深まるばかりである。

「なるほどねぇ」升川屋はうなだれて首の後ろを搔いてから、膝《ひざ》を叩《たた》いて立ち上がった。

「でもま、こうしちゃいらんねぇ。今日中にやらなきゃなんねぇことはごまんとあるんだ。お妙さん、西瓜ありがとよ。またあらためて飲みにくるわ」

気忙《きぜわ》しいことだが、霊岸島でも指折りの下り酒問屋の主として、ないがしろにはできぬ務めもあるのだろう。お妙が断っても西瓜の代金を押しつけて、升川屋は足早に帰ってゆく。

お妙もお勝も女ゆえお志乃の肩ばかり持つが、もう少し亭主の立場というものを、慮《おもんぱか》ってやってもいいのではないか。只次郎にはそう思えるのだった。


「ところで山王祭は、私も見たことがないんですよね」

升川屋が帰って仕切り直しとばかりに、只次郎は酒をもう一合注文する。鰯の梅煮は酢で下茹《したゆ》でしてあるらしく、口に含むと骨までほろほろと柔らかくほどけた。

「ああ、そうだね。お武家さんだもんねぇ」

床几に置かれた団扇を手に取り、お勝が今思い出したとでも言うように只次郎をまじまじと見る。お妙もまた置き徳利《どつくり》を手に取りながら、驚いたように振り返った。

「あら。それで今日来てくださったんですね」

山王祭の催される十四日の夕刻から十五日の夜までは、市中警護の者を除き、武家は出門《しゅつもん》を禁じられている。祭りの熱に昂《たかぶ》りきっている町衆と、無用な諍《いさか》いを生まぬためだろう。

武家でも門前が山車巡行《じゅんこう》の通路となる屋敷では、桟敷《さじき》を設けて親類縁者を招き饗宴《きょうえん》を張る場合もあるが、あいにく只次郎にそのような知己はない。神田祭より氏子の数が多いぶん、さぞ華やかだろうと想像するばかりである。

「なかなか不自由なもんだね、お武家さんも」

「私も店がありますから、ここ数年は見ていませんよ」

山王祭の山車は外神田までは来ないため、店の外にちょっと出れば見られる神田祭とは違う。そもそもお妙は祭りのような、馬鹿騒ぎはさほど好きではなさそうだ。それでも見物を終えて、そぞろ歩きに立ち寄る客もいようと、只次郎は頭の中で算《そろ》盤《ばん》を弾《はじ》く。

「『ぜんや』では祭りの日に、出店《でみせ》は出さないんですか？」

江戸の大通りは平生から、食べ物屋台に小間物、玩具《がんぐ》、鉢植えなど、多くの出店で賑《にぎ》わっている。それが祭りともなれば、小店の前にも縁台が出て、道行く人を呼び止める。そこでちょっとつまめるものを、『ぜんや』でも売ってみてはどうかと思ったのである。

「考えていませんでしたが、そうですね。外は暑いでしょうからなにかしら、涼めるものをお出ししてもいいかもしれません」

お妙は小首を傾《かし》げながら、ぬるくつけたちろりを取り出す。茗荷《みようが》の甘酢漬けを小皿に取って、それと共に運んできた。

団扇で浅黒い顔を煽《あお》ぎ、お勝がやれやれと肩をすくめる。

「だけど十五日の夕方は、大伝馬町《おおでんまちよう》の隠居たちが来るんだろ。出店まで手が回るのかい」

「おや。あの人たち、またここで宴会を開くつもりですか」

昨年の神田祭の際に大挙してやって来た、菱屋をはじめとする大店の隠居衆である。神田も山王も、山車行列の先頭は大伝馬町の諫鼓《かんこ》鶏《どり》だ。前者は鶏の羽が白、後者は五彩という違いはあれど、一番町なのは変わりない。晴れがましさに小鼻をうごめかせ、酒を酌《く》み交《か》わす老人たちの顔が見えるようである。

「ええ。鱧《はも》料理をご所望でしたが、骨切り十年と言われるほど難しい魚なので、さすがにご容赦いただきました」

「鱧？　それって旨《うま》いんですか」

その姿形すら思い浮かばず、只次郎はお妙の酌を受けつつ尋ねる。

「江戸の方には馴染みが薄いようですね。上方では、夏と言えば鱧なのですが。上品な旨みがあって、舌触りは爽《さわ》やかです。美味しいですよ」

だが小骨の多い魚なので、一寸のうちに包丁を二十五回ほど入れ、骨を断たねばならぬらしい。皮一枚のみを残す、まさに職人技。とてもじゃないが、自分の手には負えないとお妙は言う。

「へぇ。お妙さんでもできないことって、あるんですねぇ」

「ありますよ、そりゃ」

只次郎に妙な感心のしかたをされ、お妙はどこか寂しげに微笑む。真夏の氷片のごとく儚《はかな》く消えてしまいそうで、只次郎はまたその手を摑《つか》みたくなった。

そんなけしからぬ欲望を、酒と共に飲み下す。握った手を、さりげなくほどかれたのは先月のこと。気にせぬ素振りは見せたものの、実はそうとう気に病んでいた。しょせん触れたいのは自分だけ。お妙にとって只次郎は、ちょっと親しい客にすぎない。下心を前に出しすぎては、嫌われるばかりだろう。

だが只次郎にも、焦らねばならぬわけがある。

「出店を出すなら、拙者が」

低いわりによく響く声が、ふいに割り込んできた。

振り返れば『ぜんや』の用心棒である草間重蔵が、顔を上げてこちらを見ている。酒樽《さかだる》に腰掛けて根付《ねつけ》作りに耽《ふけ》りつつも、話は聞いていたようだ。言葉は足りないが、人手がいるなら手を貸すと言いたいらしい。

「ありがとうございます。重蔵さんには力仕事をお願いするかもしれませんが、よろしくお願いしますね」

上背があり眼光鋭い重蔵は、酔客に睨《にら》みを利かすにはいいが、客商売には向いていない。表に立たせると怖がって誰《だれ》も寄りつかないだろう。つまりお妙は遠回しに手助けを断ったのだ。

それでも重蔵はまんざらでもなさそうに、「うむ」と軽く顎《あご》を引いた。

お妙はそれに微笑み返してから、只次郎の酒肴《しゅこう》の減りぐあいに目を留める。

「林様、そろそろご飯を炊きはじめましょうか。とろろ汁がありますので、麦飯など」

「いいですね。お願いします」

このところ家で飯を食べるときは、水をかけてさらさらとかき込んでいる。喉通りのいい麦とろ飯は、この時分にありがたい。

「かしこまりました」

調理場へと身を翻す、お妙の後ろ姿に目を細める。だが同じような顔でお妙を見ている男がいることを、只次郎は知っている。

小刀を握る手を止めたまま、重蔵が立ち働くお妙を目で追っていた。以前はそうでもなかったが、近ごろその眼差しは切なげである。

傍《そば》近く控えるうちにお妙に惚《ほ》れたとしても無理はないが、只次郎としては気が揉《も》めてしょうがない。たとえば他出のならぬ明日明後日《あすあさって》に、二人が結ばれることもあるやもしれぬ。なにも知らぬ只次郎は、彼らの意味ありげな目配せにそれと気づき、苦い酒を飲む羽目になるだろう。

ああ、辛《つら》い。想像しただけで酒がまずくなってきた。重蔵の背後に年老いた猿が見えるのは、幻か。猿は山王権現の神使《しんし》である。祭りを前にして姿を現してくれたかとほろ酔いの頭で考えたが、そんなはずはないと只次郎は頭を振った。

「ああ、お銀《ぎん》さんじゃないですか」

勝手口に立っていたのは手拭いを姉さん被《かぶ》りにした猿——ではなく、裏店に住まう人相見《にんそうみ》の老婆であった。

猿と見紛《みまが》うのも無理はない。お銀の身丈は只次郎の腰ほどの高さもなく、顔は握った紙を広げたかのように皺《しわ》くちゃである。

「まぁ。どうなさったんです」

お妙が小振りの土鍋《どなべ》を七厘《しちりん》にかけ、前掛けで手を拭う。問われたお銀はしばらく飴《あめ》でも舐《な》めるかのように口をもごもごさせていたが、やがて見た目によらず高い声で「西瓜が」と呟《つぶや》いた。

「井戸にあったのが、のうなってしもうた」

「それでしたら、こちらに。召し上がりますか？」

共用の井戸に冷やされていた西瓜に、朝から目をつけていたのだろう。お妙が皿に残っていたのを手で示すと、お銀はこくりと頷いた。

厚かましいかぎりだが、相手は老婆。お妙はいつだって気前よく、食べるものを分けてやる。それが裏店の人情とはいえ、すっかり味を占められている。

お銀はからくり人形のごとく、コトコトと近づいてきた。その途中で重蔵に目を遣《や》り、「おや」と足を止める。

「お前さん、キリリとしたいい男だねぇ」

重蔵が裏店に住むようになり、はや四月《よつき》。これまで一度も会わなかったということはないはずだが、お銀はまじまじとその顔を眺めている。白濁した右目だけを開けて、調理場に立つお妙の顔と見比べた。

「なるほど、胸に秘めたるものがあるようだ」

またそのような当てずっぽうを。人間生きてりゃ誰にでも、秘したることの一つや二つはあろうもの。重蔵がぎくりと頰を強張《こわば》らせたのは、思い当たる節があったがゆえか。

「そうだね、お前さんも辛いねぇ。どうだい、楽になりたいかい？」

案外素直な性分なのか、お銀の問いかけに重蔵は神妙に頷き返した。

もしやと思って見ていると案の定、お銀の懐から出てきたのは、小さな巾着袋《きんちゃくぶくろ》である。

「それならほら、これをやろう。なぁにたったの五百文」

「やだよ、また値上がりしてんじゃないのさ」

お勝の乾いた笑い声が、耳に届いているのかいないのか。重蔵は魅入られたようにお銀に目を据えたまま、己の懐をまさぐった。取り出されたのは、くたびれた木綿地の財布である。

まさかこれほど分かりやすく、詐欺に引っかかる者がいようとは。

「重蔵さん、払わなくていいんですよ」と、お妙が慌てて引き留めた。

二

ホー、ホケキョという鶯の声も、今年はもう終《しま》いとなった。当代一と謳《うた》われる只次郎の愛鳥ルリオもすでに鳴きを止め、体の羽が生え変わるとやの季節を迎えている。三月に生まれた雛《ひな》たちも無事とやに入ったようで、竹ひごを用いて作られた鳥籠《とりかご》に白い粉が貼《は》りついていた。

これは鳥の皮膚表面から出たもので、とやが順調に進んでいる証《あかし》である。これからひと月ほどかけて鶯は、新しい羽を纏《まと》い直す。

ルリオが歌わぬからにはつけ子ができるはずもなく、預かりの鶯は今はない。だが五羽の雛たちの籠を分けたため、ルリオとメノウ合わせて都合七つの籠桶《こおけ》が並んでおり、林家の離れは依然手狭だった。

どの雛を手元に残すのか、鳴きが定まるまでは様子見ゆえに、雛たちは名無しである。ずいぶん成長したが親鳥よりまだひと回り小さく、脚はほんのりと桜色を帯びている。とやが終わるころには色が抜け、白っぽくなるはずだ。するといよいよ秋鳴きのはじまりである。

「おい只次郎、『仁者は必ず勇有り』とは？」

鶯たちの羽の抜け具合を確かめていたら、背後からふいに問いかけられた。『論語』を手に文机《ふづくえ》に向かっている、兄の重正《しげまさ》である。

「『勇者は必ずしも仁有らず』と続きます。仁ある者はいざとなると勇気を奮えるが、普段から勇ましいことばかり言う者はそのかぎりでない。ようするに、口だけの奴《やつ》に気をつけろということですね」

「では『仁』とは」

「思いやりの心です。『礼』、すなわち社会の規範とは、それが形となって表に現れたもの。弱い者を助けるとか、嘘《うそ》をつかないとか、目上の者を立てるといった行いが『礼』、それを行う心が『仁』。大福餅《だいふくもち》の餡《あん》と皮のように、両者は切っても切れぬ間柄です」

只次郎は鶯の餌猪口《えさちょこ》にすり餌《え》を詰めながら、淀《よど》みなく答える。とやの間は鳥たちも体力を使うため、よほど汚れぬかぎり籠の掃除はせずにおく。病人がみだりに風呂《ふろ》に入らないのと同じである。

「間違いではないかもしれんが、その答えで及第するとは思えぬ」

「分かりやすく嚙《か》み砕いてみたのですよ。子供にも分かる言葉で解説できてこそ、学びは身につきます。『学びて時に之《これ》を習う。亦《ま》た説《よろこ》ばしからずや』にございますね」

「お主はまことと、口だけはよく回る」

重正の負け惜しみは、背中で聞き流す。十五日の明け六つ半（午前七時）、まだ朝飯前である。

第一回目の学問吟味まで、あと三月《みつき》。どうせ祭りで他出できぬならと、昨夕から重正の勉学につき合っていた。母屋では子供たちがうるさいと言って、重正のほうが滅多に立ち寄らなかった離れに通ってくる。

縁側から遠慮なく出入りする姪《めい》のお栄《えい》とは違い、重正は必ず玄関を使った。戸口で顔を合わせるたび兄弟は、こそばゆい心地がしてぶっきらぼうに挨拶《あいさつ》を交わす。

お栄に取り持たれた仲とはいえ、長年の確執もあり急に素直にはなれない。ゆえに重正はものを教わる身でありながら、先ほどのような暴言を吐く。なにを聞いても只次郎がすらすらと答えるので、面白くないのだろう。

なにしろこの兄は物覚えが悪い。本当にあの利発なお栄の父親かと、疑いたくなるほどだ。文机に向かって四半刻《しはんとき》（三十分）あまり、早くも腰が落ち着かず、いらいらしているのが分かる。

重正はじっと座しているよりも、体を動かすほうが向いている。道場通いもさることなから、中庭に作られた菜園で鍬《くわ》を振るのも楽しそうだ。乱世ならば武功を挙げたかもしれないが、武より文が重んじられる泰平の世に、重用されることはまずなかろう。

それでも先祖代々のわずかな禄《ろく》を食《は》み、どうにか生きてゆくことはできる。だがそれではあまりに息苦しいと、只次郎は思うのである。

「乙松《おとまつ》が泣いているな」

母屋から響いてくる愚図るような泣き声に、重正が舌打ちを洩《も》らす。苛立《いらだ》ちは、いよいよ最高潮に達しようというところ。只次郎は「まぁまぁ」と、追従《ついしょう》笑いを頬に浮かべた。

「まだ体が本調子ではないのですから、大目に見てやってください」

乙松は一昨日《おととい》の未明に高熱を出した。医者の見立てては夏風邪とのこと。渡された薬を飲ませ、幸い二刻（四時間）ほどで熱は下がったが、まだ腹具合が悪いようである。

「まったく、いつまでも甘ったれでかなわぬ」

五歳の子供にはいささか酷な評を下し、重正は軽く肩を回した。集中はすっかり途切れてしまったようだ。

「兄上、少し体を動かしませぬか」

只次郎が水を向けると、不敵な笑みを浮かべて見せた。

「そんなことを申して、稽古をつけてほしいだけであろう」

「ああ、ばれてしまいましたか」

「よかろう、中庭へ参ろう」

書物に向き合っているときとは打って変わり、嬉々《きき》として立ち上がる。このところ学問ばかりで膂力《りょりょく》があり余っているのだろう。いそいそと玄関に回ったかと思うと、只次郎が木刀を持って出るころには、襷掛《たすきが》けをして袴《はかま》の股立《ももだ》ちを取っていた。

「それ、声を出せ。一、二、三、四！」

まずは素振りから。只次郎も軽い桐《きり》の木刀からはじめ、どうにか重みのある赤樫《あかがし》の木刀を振れるようになってきた。もっとも重正のように、空を切る音に鋭さはない。

「たるんでおるぞ、只次郎。もっと腰を入れい！」

重正はまさに水を得た魚。その暑苦しさにはいささか辟易《へきえき》する。このように学問を教える只次郎も兄から見れば、鼻につくところがあるのだろう。

「速いですよ、兄上！」

「なんのなんの、ついてまいれい！」

父と叔父の声を聞きつけ、お栄が母屋の裏口から顔を出す。こちらは風邪もひかず元気いっぱい。「稽古にござりますね！」と目を輝かせ、空を握って「えい、やぁ、とぉ！」と振り回す。

「やぁ、お栄は威勢がいいなぁ」

「まこと、乙松と中身が入れ替わればよいものを」

「兄上、それは乙松の前では言わぬようになさいませ」

お栄のほうが男ならばと、嘆いても詮《せん》ないこと。重正の嫡男はどうあっても乙松なのだ。利発な姉と比べられては、萎縮《いしゅく》してゆくばかりである。

もっとも比較されるのは、兄弟姉妹の常かもしれぬ。重正とて子供のころは、只次郎の半分でも学問ができればよいのにと父親に嘆かれていた。

「まだまだぁ！　腕が上がっておらぬぞ只次郎！」

朝五つ（午前八時）にもなっていないというのに、真夏のお天道様《てんとさま》はじりじりとその熱を広げてゆく。木刀を振るごとに汗が飛び散り、体力を奪われ息が上がる。それなのに重正は、少しも呼吸を乱さない。

「さぁ、あと五十回！」

「勘弁してくだされ！」

只次郎が音を上げたときだった。母屋から、甲高い悲鳴が上がった。

「乙松！　どうしたのです、乙松！」

兄嫁のお葉《よう》の声だ。

只次郎は重正と目を見交わすと、木刀を打ち捨てて駆けだした。


乙松は床の上で、またもや高熱に喘《あえ》いでいた。その顔は外で動いていた只次郎よりはるかに赤らみ、小さな胸はふいごのように激しく上下する。

「乙松、乙松」とお葉が呼びかけても、聞こえていないのか目も開けない。

「うわ、これはそうとう熱いですね」

乙松の額に手を当てて、只次郎は顔をしかめた。殿中警備のため昨夕から千代田城に詰めている父親を除き、家の者が一つの部屋に集まっている。

「そんな。風邪はもう治りかけと思いましたのに」

お葉は珍しくうろたえて、息子の体を撫でさする。もう大丈夫だろうとしばらく目を離した隙《すき》に、熱がぶり返していたのだという。

「そうです。栄はさきほどまで乙松と、指遊びをしておりました。乙松は元気でした」

「あなたが無理をさせるからですよ！」

八つ当たりの鉾先《ほこさき》を向けられて、お栄がびくりと身を縮める。その肩を、只次郎はさりげなく抱き寄せた。

お栄はおそらく知っている。自分が病になったとしても、母がこれほど取り乱すことはないだろうと。乙松は林家の跡取りとなるべき男子。命の重さが違うのだ。

子供の命は儚くて、七つまでは神のうち。乙松はまだ出生の届けを出されていない。もう大丈夫という年齢まで成長してから、丈夫届《じょうぶとどけ》を出すのである。武家の嫡男の生き死には、家の存続をも左右する場合があるからだ。

「落ち着きなさい、みっともない」

そのような重責のもと男子二人を育て上げた只次郎の母は、さすがに泰然と構えている。お葉を叱責《しっせき》すると、「早く医者を」と促した。

「ええ、ええ、お医者様を。亀吉《かめきち》、亀吉！」

お葉は声をわななかせ、林家の下男を呼ぶ。だが耳を澄ましても、どこからも返事はかえってこない。

「亀吉はどこにいるのです！」

「すまぬ、俺が使いに出した」

黙っていてもいずればれること。重正が目を瞑《つぶ》って白状した。亀吉は千駄木《せんだぎ》の剣術道場へ、手紙を届けに行ったという。

「なぜこのようなときに」

お葉が夫を責めるのを、只次郎は初めて耳にした。目には鬼気迫る光が宿り、このままでは自ら医者を呼びに走りそうである。

「義姉上《あねうえ》、ならば私が行きます」

そうなる前に、只次郎は立ち上がった。それが最も早かろう。

「ですが――」

お葉の歯切れが悪いのは、今まさに山王祭がたけなわだからだ。武家は他出せぬこと。どうしたものかと、重正と顔を見合わせる。

只次郎は袖《そで》に掛けた襷を外しつつ、「任せてください」と請け合った。

「ようするに、武家と気づかれねばよいのでしょう」

三

医者の家は本郷《ほんごう》三丁目にあった。身分にかかわらず安い代金で診《み》てくれると評判で、お栄と乙松はなにかあればこの医者にかかってきたという。

太り肉《じし》の、眠たげな目をした男だった。身支度がまだだったのを急《せ》かし、どうにかこうにか駕籠《かご》に乗せた。

「仲御徒町《なかおかちまち》まで、よろしくお願いします！」

「えっさ、ほいさ」と駕籠舁《かごか》きの声が遠ざかってゆく。林家の拝領屋敷の詳しい場所は、医者が知っている。

ここまで走り通しだった只次郎は駕籠を追う気力もなく、膝に手を突っ張って、その場で呼吸を整えた。喉が渇きすぎており、息を吸うごとにヒュルルルと風のような音がした。

立ち止まると次から次へ、体中から汗がふき出す。これでひとまずは安心だ。頬被りにした手拭いで顔を拭い、只次郎は「やれやれ」と腰を伸ばした。

着古した木綿の単衣を尻《しり》っぱしょりにし、股引《ももひき》を穿《は》いた姿はまるで職人である。母親には嘆かれたが、自分ではなかなか似合っているのではないかと思う。

頭の手拭いは武家風の髷《まげ》を隠すため。道行く人に不審の目を向けられて、只次郎は「おっと、いけない」と背を丸めた。格好を真似ても、武士は姿勢のよさでそれと分かってしまう。

目についた麦湯屋で喉を潤し、ようやくひと息。さてのんびり歩いて帰ろうと立ち上がると、体が妙に軽かった。

「ああ、そうか」と呟き、左の腰に目を落とす。いつもそこにあるはずの、大小二本がないのである。

目方のある刀を差していると、自《おの》ずと歩みもどっしりとしたものになる。その重みから解き放たれて、体の重心が定まらない。ためしに町人のように踵《かかと》を浮かせ、ふわふわと歩いてみた。二本の足さえあれば、どこまでも行けそうな気がした。

「おっと、ごめんよ」

すれ違いざまに肩がぶつかり、大工らしき男がなにげない口調で詫《わ》びてゆく。どうやら身分はばれていない。腹の底からふつふつと喜びが込み上げてきて、只次郎は「うふふふ」と笑った。

今しばし、この格好のままでいたい。町人ならば、誰はばかりなく祭りの山車行列を見にゆくこともできる。

夜も明けぬうちに各町内から曳《ひ》き出された山車は、山下御門から入り、今ごろは先頭が山王御社に達しただろうか。そこからさらに半蔵門《はんぞうもん》を目指し、内郭《うちぐるわ》にて公方様の上覧に与るのである。

だが今から半蔵門に向かうとして、四十五台もの山車が連なる行列を見ていたのでは、帰りが遅くなりすぎる。見物人もさぞ多かろうし、騒動に巻き込まれぬともかぎらない。家の者に心配をかけるのも、厄介事も御免である。

けれども少し、回り道をするくらいなら。

只次郎の足は、自然と『ぜんや』のある神田花房町へと向かっていた。

『ぜんや』の店先が見える、筋違御門橋《すじかいごもんばし》のたもとでいったん足を止める。

昼四つ（午前十時）前とて、店はまだ開いていない。それでも鰹出汁《かつおだし》のいい香りが往来に漂い出ており、お妙はいるのだろうかと、只次郎はその場で首を伸ばした。

わざわざこんな格好を見せに来て、どうしたいのかと自分でも思う。だが町人のなりをしたまま、お妙と話がしてみたかった。

「林様」ではなく名前で呼ばれ、仕事の愚痴などを聞いてもらう。生まれさえ違えばそんなかかわりようもあったはず。儚い夢と知りつつも、夢見るだけなら勝手である。

邪魔にならない程度に声をかけて、二言三言話して帰ろう。そう決めて一歩を踏み出したのと、『ぜんや』に接する裏木戸から、重蔵が出てきたのが同時だった。

はたと目が合い思わず身を固くしたが、只次郎と気づかなかったのか、重蔵はすぐに顔を背けて歩きだす。悪事を働いているわけではないが、只次郎は妙に安堵《あんど》し、詰めていた息を吐き出した。

重蔵は慎重な足取りで、両国《りょうごく》方面を指してゆく。時折天水桶《てんすいおけ》の陰などに隠れ、まるで誰かをつけているかのようだと目を凝らしてみると、その先さらに八間（約十五メートル）ほどを歩く人影はお妙ではないか。

祭りの熱は神田川のこちら側にまでは届かないが、昨日からぶっ続けで飲んでいそうな男たちが、あるいは肩を組み、あるいは歌を口ずさみつつうろついている。重蔵は、そのような輩《やから》にお妙が絡まれぬよう見張っているのだろうか。

用心棒ならば遠慮なく後ろにつき従って行けばいいものを、こそこそとした態度が気にかかる。ここはひとつ只次郎も、お妙をつける重蔵のあとを、つけてみることにした。

神田川沿いを歩いていたお妙は、新橋《あたらしばし》まで来ると左へ折れ、向柳原界隈《むこうやなぎわらかいわい》を北上してゆく。充分間を置いてから、重蔵もその角を曲がった。只次郎も、もちろんそれへと続く。

三味線堀《しゃみせんぼり》に架かる転軫橋《てんじんばし》を渡ると、そこはひっそりとした武家地である。酔客に紛れることもできず、重蔵はさらにお妙との間を空けた。

このまま真《ま》っ直《す》ぐ行くと、浅草新堀端《あさくさしんぼりばた》。その向こうには寺が多い。もしやと思ってついてゆくうちに、お妙の姿を見失った。それでも重蔵の背中は見えている。曲がり角を曲がったので小走りに追いかけると、重蔵はある寺の門に身を寄せて、そろりと中を窺《うかが》っていた。

浄土宗《じょうどしゅう》の寺、浄念寺《じょうねんじ》。そうか今日は十五日かと、只次郎はしばし瞑目《めいもく》した。その隙に重蔵は、開いた門の中にするりと体を滑り込ませる。

「いけない、いけない」

ついぼんやりしてしまった。胸の内で三十、数を数えてから、只次郎も山門の敷居をまたぐ。その瞬間何者かに腕を取られ、後ろ手に捻《ひね》り上げられた。

「おのれ、何奴だ」

「いててててて！」

誰何《すいか》されたところで痛みのあまり、返答もできない。背後を取られて顔は見えないが、重蔵の声である。

「拙者をつけておったろう」

只次郎の尾行は、どうやら丸分かりだったらしい。

身をよじって逃れようとしても、なんという馬鹿力。重蔵はぴくりともしない。これでもずいぶん腕力がついたというのに、自信をなくしそうである。

「放してください、私です！」

そう叫んだとたん、頬被りの手拭いがぱさりと落ちた。

「ぬ。林、殿？」

只次郎の顔が露《あら》わになっても重蔵は、確信が持てぬように目を瞬《しばたた》く。格好が違いすぎるので、理解が追いつかぬのだろう。

「そうです、林です。あの本当に、痛いので」

「ああ、すまぬ」

ようやく解放されて、只次郎は手首をさする。摑まれたところが、指の形に赤くなっていた。力では、この男にとうてい敵《かな》わない。

「しかしなぜ、拙者をつける必要がある？」

「違います。私は草間殿をつけていたのではなく、お妙さんのあとをつける草間殿のあとをつけていたのです」

腹立ちまぎれに屁理屈《へりくつ》をこねる。虚をつかれたか、重蔵は軽く目を泳がせた。

「草間殿こそ、なぜお妙さんを？」

逆に問い返すと、「うむ」と言ったきり口をつぐむ。しばらくして本堂にちらりと目を走らせ、まったく別のことを聞いてきた。

「ここがお妙さんのご亭主の菩提寺《ぼだいじ》なのだろうか」

本堂の裏手には墓場が広がっている。只次郎は「いいえ」と首を振った。

「知人の墓があるのです」

今日は昨年七月に殺された、又三《またぞう》の月命日である。只次郎は年明けすぐに参ってから来ていなかったが、お妙は毎月足を運んでいるのだろう。そこには又三の死に対する負い目がある。下手人である駄染《だぞ》め屋は刑に処されたが、まだなにも終わっていないのだ。

事情を知らぬ重蔵は、只次郎の顔が曇ったのにも気づかずに、「そうであったか」と頷いた。

「ときに先日お妙さんのご亭主が、神田川で亡くなったと聞いたのだが」

「ええ、その通りです」

「いつごろのことであろう」

「ええっと、たしか――」

はじめてお妙に会ったのが、一昨年の冬のこと。亭主の善助《ぜんすけ》が他界したのは、その前年のはずである。

「十一月になればちょうど三年というところです」

そう聞いたとたん、重蔵から表情が消えた。もともと喜怒哀楽の少ない男だが、目の玉が木のうろのように黒い。

「どうなさいました、草間殿」

顔の前で手を振ってやると、体が先に反応してハッと後退《あとずさ》りをする。これは鍛錬の賜物《たまもの》であろう。

「いやなに、まだ若いのに気の毒にと思うてな」

遅れて正気づき、重蔵はしみじみと首を振った。

お妙の死んだ亭主を気にかけるとは、これはいよいよ後釜《あとがま》に納まろうという魂胆か。あるかも知れぬ仕官の道を探るより、はるかに楽な生きかたであろう。

只次郎は腹の底に力を入れ、警戒の色を強めた。

「お妙さんはともかく、ご亭主はそうでもないですけどね。歳《とし》がふた回りほども離れていたようですから」

「なんと」

「もったいないですよね、あんな人が後家を通しているなんて」

「それは、拙者も思う」

そう呟いた重蔵の眼差しが、切なげに揺れている。ああ、またこの目だ。同族なればこそ分かる。この男は間違いなくお妙に惚れている。

「今のところ再縁の意思はないようですが、するとしたらどのような方なのでしょうね」

そしてまた重蔵にも、こちらの気持ちは伝わっただろう。敵対心を笑顔で包む只次郎に向かって、微《かす》かに片頰を持ち上げた。

「安心なされ。拙者はそれに足りぬ」

これは喜んでいいことだろうか。つまり重蔵は、己には資格がないと言ったのだ。自分で言っておきながら、その言葉に傷ついているようでもある。考えてみれば只次郎は、この男の過去をなにも知らない。

聞くなら今だと舌先で唇を舐める。だが只次郎が口を開く前に、涼やかな声が「重蔵さん」と呼びかけてきた。

「どうしたんです、こんなところで」

墓参りを終えて、お妙が引き返してきたのだ。いるはずのない重蔵に怪訝《けげん》な目を向けていたが、傍らに立つ只次郎に気づき、「まぁ！」と驚きの声を上げた。

四

「どなたかと思いましたよ、本当に」

表に置かれた縁台には、日除《ひよ》けとして傘が立てかけられている。お妙がくすくすと笑いながら、只次郎のもとに折敷を運んできた。

居酒屋『ぜんや』の店先である。只次郎はお妙や重蔵と連れ立って、店に戻ってきたのである。

普段の武家の拵《こしら》えでは、お妙と並んで歩くのは憚《はばか》られる。外聞というものは只次郎が気にせずとも、お妙を傷つけるやもしれぬ。しかし職人の風体ならば、誰に見咎《みとが》められることもなかった。

そろそろ帰らねば、母と兄にどこで油を売っていたのかと責められる。分かってはいるがお妙と歩くのが楽しく、途中で別れることができなかった。その上「せめてお茶の一杯でも」と勧められ、ちゃっかり縁台に腰掛けている。

「どうです、なかなか似合うでしょう」

「ええ、いなせですよ」

長居はできぬと言いながら、只次郎はお妙のお愛想に鼻の下を伸ばす。「どうぞ」と差し出された折敷には、麦湯の他に赤絵の器が載っていた。

「おお、白玉ですか」

器の中身は、光沢のある白玉団子。上から黒蜜《くろみつ》をかけていただく。祭りの間出店を出してはどうかという只次郎の案を、取り入れてくれたのだ。

「ううん、旨い！」

思えば朝飯を食べていなかった。冷水に取って冷やした白玉は、空《す》きっ腹につるりつるりと収まってゆく。歩き通しで体に溜《た》まっていた熱も、洗い流されるようである。

「茹でればまだありますから、たくさん食べてください」

出店の番は裏店のおえんに頼み、昨日はなかなか盛況だったという。重蔵はくれぐれも表に立つなとお勝に言い含められたらしく、今もこの縁台と傘を出すと、すぐ中に引っ込んでしまった。

開店前とてお妙もまた、只次郎の隣に腰掛ける。いつもより気安いと感じるのは、やはり着ているもののせいだろうか。

「ですが、甥御《おいご》様は心配ですねぇ」と、お妙は只次郎が扮装《ふんそう》をするに至ったわけに思いを馳《は》せた。

「ええ、子供の体というのは分からないですね。一昨日は二刻ほどで熱が下がったので、すっかり油断しておりました」

「二刻ほど？　お医者様はなんと」

「夏風邪だそうで。そのわりに熱が高くて可哀想《かわいそう》です」

できることなら、今日も早めに熱が引いてくれるといいのだが。子供の苦しんでいる姿は、見ているほうも辛い。

だがお妙はううんと唸《うな》り、思案げに頬を撫でた。

「差し出口かもしれませんが、また二刻ほどで熱が下がるようなら、お医者様を替えたほうがいいような」

「えっ、風邪ではないのですか」

「分かりませんけど、念のためということで」

「はぁ。ならば様子を見てみます」

お妙がそう言うのなら、乙松の症状にどこか引っかかるところがあるのだろう。その知恵に何度も助けられてきた只次郎は、疑いようもなく頷いた。

お妙は只次郎の素直さに目を細め、「そうだ」と手を打ち鳴らす。

「甥御様に、いいものがあるんです」

ちょっと待ってくださいと店の中に入ったお妙は、手のひらに載るほどの常滑焼《とこなめやき》の小壺《こつぼ》を持って戻ってきた。

「これを」と手渡され蓋《ふた》を取ってみると、赤く透明な水が六分目ほど入っている。粘りけがあるようで、表面に映った只次郎の顔がとぷりと揺れた。

「なんです、これは」

「西瓜糖です。舐めてみます？」

ご丁寧にも、木の匙《さじ》まで用意されている。ひと口掬《すく》って舐めたとたん、只次郎は目を丸めた。

「うわ、甘ぁい！」

西瓜にかぶりついたときの曖昧《あいまい》な甘さではなく、水飴のようにこっくりと甘い。そのくせ砂糖は少しも使っていないというから驚いた。西瓜の果汁をとろみが出るまで煮詰めれば、こうなるそうだ。

「食欲がなくても、これなら喉を通るでしょう。白玉にかけても美味しいですよ」

「ありがとうございます。甥も喜びます」

只次郎は小壺を傍らに置き、頭を下げた。考えてみれば林家は、お妙の料理にずいぶん世話になっている。この西瓜糖も子供たちにとって、忘れ得ぬ味になることだろう。

ところが只次郎が顔を上げると、お妙は明後日の方向を見ていた。先ほど目の前を横切って行った、若い男女をぼんやりと眺めている。男は麻の帷子を着流しに、女は歳の割に地味な木綿の着物姿だ。

「どうかしました？」

「すみません。あの娘さん、地味に装っているわりに、簪《かんざし》が高価な血赤珊瑚《ちあかさんご》でしたので」

「それは妙ですね」

大店の娘や大身《たいしん》旗本のお姫様ならともかく、洗いざらしの木綿を身に着けるような身分の娘には、とても手を出せる代物ではない。隣の男とは恋仲らしく仲睦まじい様子だが、こちらも高価な贈り物ができるほど稼いでいるとは思えなかった。

なんとなく目を離せずに二人を見送っていると、向かい側から小走りにやってきた腹掛け姿の小男が、故意にしか見えぬ勢いで娘にぶつかった。よろめいた娘は連れの男に抱き止められる。ぶつかった小男は、謝るどころか一目散に駆けだした。

「泥棒、泥棒！」

度を失った娘の悲鳴が響き渡る。小男は、こちらに向かって走ってくる。

只次郎はとっさに片足を前に出した。

「うわぁ！」

足と足が絡まり、泥棒が派手にすっ転ぶ。只次郎はその背中に馬乗りになり、重蔵にやられたのを思い出して腕を捻り上げた。

「あだだだだだ！」

案外うまくいったのは、相手よりも体格が勝っていたからだ。

「なにごとだ」

重蔵が店の戸口から顔を覗《のぞ》かせる。只次郎は腕を取ったまま泥棒を立たせ、指示を飛ばした。

「草間殿、手伝ってください。こいつを自身番に突き出します」

自身番と聞いて、泥棒は身をよじって暴れだす。「大人しくしろ！」と叫んだところで言うことを聞くはずもなく、暴れるうちに懐から、二十五両の切り餅がごとりと落ちた。

「えっ」

しかも一つではなく二つである。目を奪われた隙を突き、泥棒は只次郎を振り切って逃げだした。

「こら、待て！」

重蔵が追いかけたが、相手は小柄ですばしっこい。飛ぶように筋違御門橋を渡り、たちまち姿が見えなくなってしまった。

五

「ありがとうございます。本当に助かりました」

只次郎に縁台を譲られて、名も知らぬ娘が深々とお辞儀を返す。小判を紙で包んだ切り餅を両手に持っているからそう見えるのか、育ちのよさそうな顔をしている。娘はさる大店の箱入りと、自ら名乗った。

「そんな。けっきょく取り逃がしてしまいましたし」

「でも、お金は盗《と》られませんでしたから。たくさん持って出たのに、危うく一文無しになるところでした」

箱入りのわりに肌の色は浅黒いが、娘には愛嬌《あいきょう》がある。笑うと小さな八重歯がこぼれ出て、丸っこい鼻と相まって可愛《かわい》らしい。危ない目に遭ったばかりなのに怯《おび》えた様子もなく、肝が据わっているというよりは、たんに浅はかなだけであろう。

「ですが、『たくさん』すぎやしませんか？」

そのお気楽ぶりを案じたか、お妙が軽く眉《まゆ》を寄せる。娘はあっけらかんと答えた。

「いいえ、足りないくらいです。だって私たち、これから駆け落ちをするんですから」

「おいこら、お浜《はま》さん」

連れの男は苦い顔。年下と思《おぼ》しき娘の名に敬称をつける。

だが娘のお喋《しゃべ》りは止まらない。お浜はまるで野遊びにでも出かけるように、駆け落ちの計画を語ってくれた。

「なるほど、ではこちらは出入りの小間物屋さん」

只次郎は相槌《あいづち》を挟みながら、自分と同年輩らしき男を値踏みする。小間物を背負って大店の奥座敷に通ううちにお浜と恋仲になったというが、お世辞にも女に惚れられそうなご面相はしていない。鼠《ねずみ》に似た、貧相な男である。

そのぶん話術が巧みだったり、気遣いが細やかだったりするのかと思いきや、お浜が話している間、退屈そうに爪《つめ》を噛んでいる。

こんな男がなぜ、箱入り娘をたぶらかすことができたのか。お浜の世慣れなさに、つけ込んだとしか思えなかった。

「今日なら家の者はみんなお祭りで出払っているし、いざとなれば人混みに紛れてしまえるでしょ。このまま内藤新宿《ないとうしんじゅく》まで行くつもりなんです」

内藤新宿は江戸四宿《ししゅく》の一つ。人も物も大いに集まり、駆け落ち者でも暮らしてゆく術《すべ》はあろう。

だが苦労知らずのお浜には、辛いことのほうが多いはず。それに只次郎の見立てでは、この小間物屋はあてにならない。どうにか思い留《とど》まってはくれぬものか。

「そう、それで女中さんの着物を拝借してきたのですね。その珊瑚の簪も、売ればいいお金になりますから大丈夫ですよ」

お妙はなにを考えているのか、お浜を焚《た》きつけるようなことを言う。只次郎が不審の目を向けると、にっこりと微笑み返してきた。

「だけど、妙じゃありませんか只《ただ》さん」

「えっ、只さん？」

そう呼ばれて顔が弛む。職人風の只次郎を「林様」と呼ぶわけにはいかぬから、下の名前を捩《もじ》ったのだろう。自分は今、下職の只さん。お妙とは恋仲だと、束《つか》の間《ま》思い込むことにする。

「さっきの泥棒、どうして目につくところにある簪ではなく、懐の中の切り餅を狙《ねら》ったのでしょうか」

「言われてみりゃ、たしかに。懐に金子《きんす》があるのを、最初《はな》から知ってたみてぇだな」

どうせならばと、口調まで町人風に改めた。手本は升川屋である。

「お浜さんと言ったっけ。アンタ、駆け落ちの話を他の誰かにしたかい？」

やってみると、これが楽しい。お妙は口元を手で覆い、笑いだしそうになるのを堪《こら》えている。

「まさか。今はじめて人に話しました。だって、止められるじゃないですか」

「するってぇと、事情を知ってるのはお浜さんの他に、この小間物屋さんだけだねぇ」

別段深い意味はなかったが、にやりと笑って小間物屋に顔を振り向ける。いなせな職人なら、こうしたもの言いをしそうだと思ったまでだ。

ところが小間物屋は血相を変え、座っていた縁台からふいに腰を浮かした。

どうしたわけか、逃げる気だ。「草間殿！」と声をかける前に、重蔵はもう動いている。

「あふぅ！」

腕を捻り上げるといったまどろっこしいことはせず、首筋に手刀を打ち込んだ。小間物屋は奇妙な声を発し、その場にがくりと崩れ落ちる。

「え、なに。なんなの！」

事情が飲み込めず、お浜は顔を真っ赤にして騒ぎ立てるばかり。

「大丈夫。もう平気ですからね」と、お妙がそのわななく体を抱きしめた。

小間物屋には、博打《ばくち》でこしらえた借金があった。

その金を作るためにまた賭場《とば》へ入り浸り、借財は日ごとに増えていったという。

そんなときに得意先の一つである大店の、箱入り娘に惚れられた。商売柄櫛《くし》や簪を買わせるため、綺麗だのお似合いだのと世辞を言う。それをすっかり真に受けたらしい。

「そんなら俺と逃げてくれるかい」と誘いかけると、初めての恋に浮かれた娘は「もちろんよ！」と簡単に乗ってきた。新天地の暮らしに入り用な金も、こちらで用意するというから願ったりだ。

あとは大金を持った娘を仲間に狙わせ、娘自身は内藤新宿の飯盛り女として売っぱらってしまえば足もつかない。これでまた、一からやり直せると思っていた。

腹の中の企てを洗いざらい喋ってから、小間物屋は重蔵に腕を取られ、自身番へと引き立てられてゆく。最後まで、お浜にたいする謝罪はなかった。

「まったく、とんだろくでなしだったねぇ」

勤めに出てきたお勝が、腕をまくって煙管《きせる》を吹かす。重蔵が小間物屋を捕まえた直後にやって来て、始終蛇蝎《だかつ》を見るごとき目を向けていた。小間物屋も、さぞ居心地が悪かったことだろう。

「一からやり直すたって、人を陥れたつけは必ず回ってくるだろうに。アンタも気の毒だけど、無事だったことを喜んでもっと男を見る目を養いな」

お浜はといえば縁台に腰掛けたまま、さっきからうんともすんとも発さずにいる。世間知らずの娘には、衝撃が大きすぎたのだろう。

「あの、遣いをやって家の方に迎えに来てもらっては？」

只次郎が顔を覗き込むと、お浜の瞳《ひとみ》の表面が微かに揺れた。

「タダさん？」

「あ、ああ。なんでい、どうしたぃ」

べらんめえ調を忘れていた。お勝がさっと顔を背ける。その肩は、笑いを堪えきれずに震えている。

「う、う、う――」

お浜の表情が、じわりじわりと崩れてゆく。ついには「うわぁん！」と声を張り上げ、只次郎の胸にしがみついてきた。

「うわ。お、お浜さん！」

慌てて抱き止めた体は、まるで子供のように熱い。

「まぁいいさ、泣かせておやり」

「そうですね。重蔵さんが戻ってきたら、家まで送ってもらいましょう」

お勝とお妙は、なりふり構わず泣きじゃくるお浜を温かい目で見守っている。この二人はきっともう、こんなふうには泣けないのだろう。人前で涙を流せるほど幼いお浜に、かつての自分を重ねているのかもしれない。

只次郎の胸元は、みるみるうちに濡《ぬ》れそぼってゆく。これはお浜が泣きやんでくれるまで帰れないなと諦《あきら》めて、乙松やお栄にするように、丸い肩をトントントンと叩いてやった。

六

只次郎の帰宅は、けっきょく昼飯前になってしまった。どこをほっつき歩いているのかとやきもきしていた母親には、案の定「なにをしていたのです」と雷を落とされた。

結果として人助けをしたのだが、「だいたいあなたは常日頃《つねひごろ》からふらふらと出歩いて、武家の自覚が足りませぬ」とまくしたて、言い訳はさせてもらえなかった。

乙松の熱はというと、昼飯を食べ終えるころには嘘のように引いていた。

これはよかったと安堵の胸を撫で下ろすお葉を説き伏せ、別の医者に診てもらったところ、十中八九風邪ではなく瘧《おこり》だろうとの見立てであった。間欠的に発熱し、悪寒や震えを発する病である。本郷三丁目の医者は、ただ安いだけの藪《やぶ》だったのだ。

「いやぁ、お妙さんのおかげで助かりましたよ」

翌十六日の、夕刻である。江戸中が祭り疲れをしたように静まり返っており、皆家で寝ているのか、往来にも人は少ない。『ぜんや』の昼の常連である魚河岸《うおがし》の男たちも、あまり来なかったそうである。

大伝馬町の隠居衆は昨夜遅くまで痛飲したようで、こちらも家人から大目玉を食らったことだろう。

「正しい薬も出してもらえて、ひと安心です。もっとも苦すぎるので、飲ませるのに苦労しますが」

瘧の薬は別名を瘧草《えやみぐさ》とも言う、竜胆《りんどう》の根茎を乾かしたものだ。熊《くま》の胆《い》よりも苦いということで竜の胆、本草学では竜胆《りゅうたん》と呼ぶ。

「でもあれは、しばらく飲み続けなければいけないでしょう」

「そうなんですよ。だからお妙さんにもらった西瓜糖で釣っております。薬を飲めたらひと舐めしてもいいいってね」

「ふふ、林様もお上手な」

お妙はくすくすと笑いながら、ぬるめの酒を注《つ》いでくれる。

只次郎の膝先の小鍋では、泥鰌《どじょう》がくつくつと煮えていた。俗に「鰻《うなぎ》一匹、泥鰌一匹」と言われるほど滋養があり、おそらく祭りに浮かれすぎた男たちの胃を癒《いや》すために用意されたのだろう。

お妙の料理はただ旨いだけでなく、食べる者の体のことまでよく考えられている。

「西瓜糖といえば、医者に褒《ほ》められましたよ。瘧は腎臓《じんぞう》を傷めるそうですが、西瓜糖は腎の力を強くするそうで」

「まぁ、そうなんですか。偶然ですね」

しれっとそんなことを言ってのけるが、本当は乙松が瘧であることも、西瓜糖の効能も知っていたのではないかと思う。お妙には、なにか底知れぬところがある。

「ああ、旨ぁ！」

只次郎は甘辛く煮られた泥鰌をつまみ、口に入れた。五日もかけてしっかりと泥抜きをしたらしく、嫌な臭みはまったくない。よく肥えた泥鰌は身の旨みと腸《はらわた》の苦みの配分が絶妙だった。

「これは酒に合う。ああ、でも飯とも合うんだろうなぁ」

「もう炊いてしまいましょうか？」

「お願いします！」

こってりとした泥鰌を炊きたての飯に乗せ、掻き込む。想像しただけでも唾《つば》が湧《わ》いてきた。

「おや、『只さん』は今日もよく食べるねぇ」

お妙がもう呼んでくれぬ名を持ち出して、お勝が茶々を入れてくる。暑いのは分かるが着物の袖を肩まで捲《まく》り上げ、牛蒡《ごぼう》のような腕を剥《む》き出しにしている。

「もう、忘れてくださいよ」と、只次郎は情けなく眉尻《まゆじり》を下げた。

「やだよ、面白いもん。だってさ、あんな生っ白い下職がいるかい？」

お勝には只次郎の扮装がよっぽど珍奇だったらしく、ひいひいと声を上げて笑いだす。お妙はいなせだと言ってくれたのに、心外である。

「ねぇ、重蔵さん。アンタよく笑わずにいられるね」

「いや、驚きはしたのだが」

勝手口の傍で黙々と根付を彫っていた重蔵は、なにが面白いのか分からぬと言いたげに首を捻った。

「ああ、可笑《おか》しい。涙が出てきちまった」

「ねえさん、ちょっと笑いすぎよ」

お妙の気遣いももはや遅い。只次郎は唇を尖らせ、黙然として酒を啜《すす》る。

そうしてお勝の笑い声もどうにか収まったころ、店先に太い地声が響き渡った。

「おおい、邪魔するよぉ」

のっそりと入ってきたのは、駿河町に店を構える味噌問屋の三河屋だ。昨日の山車行列で日に焼けたのか、もともと赤黒い顔がいっそう照り輝いている。

「あら三河屋さん。お久しぶりです」

しゃがんで七厘の面倒を見ていたお妙が、お菜の並ぶ見世棚《みせだな》の向こうからひょっこりと顔を出す。調理場は暑いらしく、火照った頬が艶《つや》っぽい。

「ああ、お妙さん。昨日はうちの娘がすっかり世話になったようで」

「娘さん？」

三河屋には、跡取り息子の他に娘が二人いたはずだ。派手好きで行商を引っきりなしに家に呼ぶため、酔えば「あいつらは俺の身代《しんだい》を潰《つぶ》す気か」と愚痴を零《こぼ》すことがある。

「もしかして――」

調理場から出てきたお妙は、勝手口の重蔵に顔を向ける。昨日の娘を、家まで送り届けたのはこの男である。

「上の娘で、お浜というんだ」

「まぁ、すみません。三河屋さんのご息女とは、今まで気づきもしませんでした」

重蔵は、どこの家に届けたのかまでは言わなかったのだろう。いつも離れたところに座しているため、駿河町の三河屋と、『ぜんや』の常連である三河屋が頭の中で繋《つな》がっていないのかもしれぬ。そうと知っていればご機嫌伺いの手紙くらいは出したのにと、お妙は腰を折って詫《わ》びた。

「いやいや、謝ることなんざなにもない。お妙さんがいなけりゃうちの馬鹿娘、今ごろひどい目に遭ってたろうよ」

お浜は泣きはらした目で帰って行ったから、家の者が心配しないはずがない。なにがあったと問い詰められて、うまい嘘をつく機転もなく、駆け落ちを企てたことからお妙に助けられたことまで、包み隠さず喋ったらしい。

「まったく、聞いて呆《あき》れるねぇ。身内の恥を晒《さら》しちまったが、あれでも俺にとっちゃ目に入れても痛くない娘なんですよ。大事に至らなくて、本当によかった。ありがとう、お妙さん」

三河屋はお妙の手を握り込み、押し頂くようにして頭を下げた。昨日ばかりは骨太のこの男も、男泣きに泣いたかもしれぬ。浪費癖があろうと男の趣味が悪かろうと、娘というのは可愛いものなのだろう。

お浜が災難に遭ったとき、ちょうど居合わせてよかった。もしあのとき縁台を外に出していなかったら、小間物屋の企《たくら》みどおりに事が進んでいただろう。ほんの少しのきっかけで、人の運命とはこんなにも変わってしまう。

「礼よりもさ、ありゃきちんと躾《しつ》けといたほうがいいよ。男ってものを、まるで分かってないじゃないか」

めでたしめでたし、で終われないのがお勝という女だ。団扇で風を送りながら、幼稚だったお浜について苦言を呈す。だがそう言われて三河屋は、口を一文字に引き結んだ。

「いいや、お浜にそんな躾けはまだ早い」

「あの子、いくつさ」

「十六だ」

「早かない、早かない。そんなこと言ってると、また変な男に引っかかるよ」

「ぐうっ」

痛いところを突かれたらしい。三河屋はよろめくようにして只次郎の隣に座り、頭を抱え込んでしまった。

お妙はその肩に手を添えて、「んもう」とお勝を窘めるように睨む。

「三河屋さん、大丈夫ですよ。昨日のことは、お浜さんにとっても苦い薬になったでしょうから」

「いやそれが、大丈夫じゃないんですよ！」

勢いよく顔を上げた三河屋に、「きゃっ」と驚きの声が上がった。黒く照り映える顔中に、びっしりと脂汗が浮いている。

「昨日お妙さんと重蔵さんの他に、職人かたぎの男がいたそうですね」

「え、ええ。おりましたが」

「『タダさん』と呼ばれていたとか」

「はぁ、そんな名だったような気が」

お妙が珍しくしどろもどろになっている。お勝は膝に顔を突っ伏して、笑いを堪えているようだ。

「どういう男だったんですか。店にはよく来るんですか」

「あの、初めてのお客様だったので」

「どこのどいつかは、分からないと？」

「ええ、すみません」

只次郎はこちらに注意が向かぬよう、吐く息すらもじっと堪える。

どうして三河屋はこんなにも、職人の「只さん」のことを知りたがるのか。お勝が口元を笑み歪《ゆが》ませたまま、「その職人がどうしたってのさ」と先を促す。

三河屋はお妙に渡された手拭いで乱暴に顔を拭い、悲痛な叫び声を上げた。

「それが今度はお浜のやつ、その職人に惚れたと言うんで」

これにはお勝の我慢も限度を超えた。体を二つ折りにして、盛大に笑いだす。

「笑いごとじゃないよ、お勝さん。その男の素性を聞いてくるようにって、お浜に厳命されてるんですよ」

「そりゃあすごいね、ちっとも改心してないじゃないか」

涼しい顔を保ってはいるが、只次郎の脇《わき》にも嫌な汗がふき出してきた。

まさか職人の「只さん」を只次郎と結びつけて考えることはないだろうが、これはなかなか身の置き場がない。

お妙に目で助けを求めるも、気づかなかったのか、ふいとそっぽを向かれてしまった。

「お妙さん、『タダさん』がまた現れたら、必ずうちに知らせておくれよ」

「分かりました。案外近くにいるかもしれませんからね」

只次郎はいたたまれずに、空になったちろりを頭上に掲げる。

「すみません、酒をもう一合！」

七夕流し

一

「よぉし、引くぞぉ。いーち、にーい」

先頭で綱を握るおえんの夫が、声を張り上げ音頭《おんど》を取る。手にぐっと力を込めれば麻のちくりとした感触と、たしかな重みが伝わってきた。

文月《ふみづき》七日、裏店《うらだな》の住人総出の井戸浚《さら》い。この日は朝から江戸中で、井戸の水を汲《く》み出し職人を入れて中を清めることになっている。男も女も足腰の立つ者は連なって、滑車を組んで渡した綱を引き、大桶《おおおけ》で汲み出した水はどぶ板を外した溝に流し込んでゆく。

「さぁ、もっと腰を入れて。アンタ、引いてるふりしてんじゃないよ」

指揮を取るのは大家のおかみ。店子《たなこ》の一人である寝ぼけ眼《まなこ》の箍屋《たがや》の背を、骨太の手でぴしゃりと叩《たた》く。諸肌《もろはだ》を脱いだ背中にみるみる大きな紅葉《もみじ》が浮かび上がり、あれをやられては敵《かな》わないと、一同気を引き締めた。

子供たちは腹当て一枚のほぼ裸で走り回り、水しぶきがかかるごとにキャッキャと歓声を上げる。目を細めて見ると、そこに小さな虹《にじ》がかかっている。

「それもう一度、いーち、にーい」

再び大桶が沈められ、皆で息を合わせて綱を引く。すでに前腕が重だるく、このぶんだと明日には使い痛みが出るだろう。そう思っているとすぐ後ろから、綱を強く引かれてお妙は「きゃっ」とよろめいた。

「すまぬ、お妙さん」

背後にいた草間重蔵の、力強い腕に抱き止められる。甘酸っぱい汗のにおいと湿った体の熱に包まれ、少なからず胸が騒いだ。

「その細腕で無理をせずとも、ここは拙者《せっしゃ》が」

「そうだぜ、お妙さん。その白い手に傷でもついちゃいけねぇや」

「力仕事はオイラに任して、そこの日蔭《ひかげ》で休んでな」

重蔵の気遣いは嬉《うれ》しいが、周りの男たちまで鼻の下を長くする。綱引きに加わっているおかみ連中が、目を尖《とが》らせたのは見ずとも分かった。裏店の女たちに嫌われては、この先店がやりづらい。

「いいえ、この井戸には私もお世話になっていますから、一年の恩を返しませんと」

お妙はにっこり微笑《ほほえ》んで、綱をぎゅっと握り込む。井戸端は女同士の社交の場だ。

洗濯も皿洗いも、声をかけ合い賑《にぎ》やかにやる。その輪からはじき出される心許《こころもと》なさは、男たちには分かるまい。

「なんだい、アンタら。アタシの細腕も気遣ってくれたっていいじゃないか」

後ろのほうから、おえんのよく通る声が響いてきた。剣呑《けんのん》だったおかみ連中の気配が一転し、その場が笑いに包まれる。太《ふと》り肉《じし》のおえんの腕は、裏店のどの男よりも厚みがある。

「そうさそうさ、アタシの腕も」

「アタシだってほら、まるで牛蒡《ごぼう》だろ」

深窓の姫君ならともかく一日が水汲みに始まる女たちは、皆一様にたくましい。育ちのいい大根のような腕を、これ見よがしに突き上げる。

「ああ、ああ。アンタらがか弱いのはよく分かったよ。いいから黙って働いとくれ」

大家のおかみが呆《あき》れ顔で手を振り、おえんが亭主の代わりに「いーち、にーい」と声を出す。お妙は助かったと、内心胸を撫《な》で下ろした。おえんには、後で甘いものでも持って行こう。

「大事ないか」

「ええ、お気になさらず」

なおも案じ顔の重蔵に、お妙はそっけなく返した。どういうわけかこのところ、重蔵がいらぬ世話を焼いてくる。

先月の又三の月命日には、墓参するお妙のあとをこっそりつけていたと知って驚いた。なぜそんなことをと問えば、「用心棒なれば」と答える。たしかに店の用心棒として雇ってはいるが、身辺警護まで頼んだ覚えはない。

「あとをつけ回されるのは愉快ではないです」とぴしゃりと撥《は》ねつけたつもりだが、それ以降外出の際には堂々と供をするようになってしまった。いったいなにを警戒しているのか、お妙にはまるで分からない。

もしや嘘《うそ》で塗り固められた重蔵の、過去に理由があるのだろうか。問われても答えまいと沈黙を保ってきたが、そろそろ聞いてみるべきかと、機会を窺《うかが》っていた。

「水はもう充分だ。次はゆっくり下ろしてくれよぉ！」

井戸の水は七分かた汲み終えた。大桶に結んであった綱を外し、ほぼ褌《ふんどし》一枚の井戸職が己の体に巻きつける。力仕事で顔はほてり、汗を吸った着物が不快だが、ここで気を緩めては怪我人《けがにん》が出てしまう。声をかけ合い慎重に、職人を井戸の底へと下ろしてゆく。

江戸の井戸は上水井戸。このあたりは井《い》の頭池《かしら》から地中の樋《とい》を通って流れてくる神《かん》田上水《だじょうすい》の恩恵に浴している。いわばすべての井戸が樋とそこから水を取る呼び樋で繋《つな》がっているため、井戸浚いも一斉に行われるのだ。この日ばかりは井戸職も、休む暇はないだろう。

「みんな、お疲れさん。ひとまず水でも飲んで一服してくれ」

暦の上では秋とはいえ、残暑厳しい折柄だ。朝五つ（午前八時）を過ぎたばかりでも日は高く、喉《のど》はすでにからからだった。おえんの亭主の勧めに従い、誰《だれ》しも袖《そで》が濡《ぬ》れるのも構わず大桶の水を手で掬《すく》い、ごくりごくりと喉を鳴らす。化粧がなければ男衆のように頭から被《かぶ》りたいところだが、そうもいかずお妙は気持ちよさそうな男たちを横目に見ていた。

姉さん被りにしていた手拭《てぬぐ》いを外し、首筋に流れる汗を押さえる。子供たちが大桶に溜《た》めたままの水をかけ合って遊びはじめたので、打ち水代わりになって幾分か涼しい。大家のおかみが真桑瓜《まくわうり》の切ったのを運ばせて、大人も子供も大喜びで手を伸ばす。現金なことに高齢を理由に井戸浚いに加わっていなかったお銀まで、食べ物の気配を察して部屋から出てきた。

「おぅい、上げてくれぇ」

井戸職の呼びかけに、地べたに座り込んでいた男たちが着物の尻《しり》で手を拭いつつ立ち上がる。水を汲み出す大桶よりも、職人一人のほうが軽い。女たちは休んでなと、ようやく男気のようなものを見せた。

吊《つ》り上げられて井戸から出てきた職人は、底に溜《た》まっていた落ち葉や陶器の欠片《かけら》など、芥《ごみ》を入れた籠《かご》を抱えている。身軽な動作で地面に降り立つと、渡された手拭いでつるりと顔を撫でた。

その細く結った銀杏髷《いちょうまげ》の元結あたりに、女物の簪《かんざし》が挿さっている。

「なんだい、それは」とおえんが問えば、井戸職は思い出したように簪を抜き、頭上に翳《かざ》した。

「底に落ちてたんで、どこのおかみさんのかと思ってさ」

先端が耳かきになっている、吉丁《よしちょう》という飾りのない簪だ。鼈甲《べっこう》や銀といった高価なものではなく、庶民でも手を出せる錫《すず》製である。

「ああ、そりゃアタシんだ」

自ら名乗り出たのはお銀だった。真桑瓜の皿にしつこく取りついていたが、手近な男衆の肩に摑《つか》まり立ち上がる。腰が曲がっているせいもあって、十くらいの子供の身丈もない。

「嘘言うんじゃないよ、婆《ばあ》さん。アンタ、簪を挿すほどの髪は残っちゃいないだろ」

そんな老婆に、食ってかかったのはおえんである。お銀が簪を掴む前に、横から手を伸ばして引《ひ》っ手繰《たく》った。

「まったく、詐欺《さぎ》だけじゃなく人の物まで猫糞《ねこばば》する気かい」

お銀の髪は痩《や》せてもはや髷が結えず、いつも頭に手拭いを被せている。簪など、もはや不要のものと見える。

「ふん！」と盛大に鼻を鳴らし、お銀は腰の後ろで手を組んで自分の部屋へと戻ってゆく。見た目よりも頭の中はしっかりしており、思い違いということはなさそうだった。

「さぁ、これ誰んだい？」

他の女たちはお銀ほど図々《ずうずう》しくはなく、おえんが問いかけても誰からも手が上がらない。簪の本当の持ち主は、この中にはいないようである。

「あと他にこの井戸を使ってんのは、お勝さんくらいかい？」

お勝も今ごろは、己の住む横大工町《よこだいくちょう》の井戸浚いで汗をかいていることだろう。ここにはいない義姉《あね》の代わりに、お妙が首を横に振る。

「ですが、簪を失《な》くしたとは聞いていません」

井戸浚いの際に失せ物《うもの》が出てくるのはよくあること。だがお勝からは「気をつけて見といとくれ」とも言われていない。外の人間がわざわざ裏店の共同井戸を使いにくるわけもなし、他に心当たりがあるとすれば。

「おタキさん、でしょうか」

今年の閏《うるう》二月に亡くなった、老女の名を口にする。長らく床に就いてはいたが、厠《かわや》には自分で行っていた。手を濯《すす》ぐために、井戸の水も使っただろう。

「でもさ、おタキさんこそ髪をばっさり切られちまって、髷なんか結えなかったはずだよ」

それもそうだ。お妙はううんと首をひねる。

「たしか、おタキさんが髪切り騒動に遭《あ》ったのは去年の草市《くさいち》の夜でしたよね。七日の井戸浚いから、その日までの間に落としたのかも――」

盂蘭盆会《うらぼんえ》に必要な真菰《まこも》など、一切合切を扱う草市は十二日に開かれる。簪がおタキのものだとすればその間五日のうちに落としたことになるわけで、あまりの当て推量に歯切れが悪くなった。

「ああ、そうだった。『黒狗組《くろいぬぐみ》』が売り捌《さば》いてた髪切り除《よ》けの護符を、まんまと買わされちまったんだった」

嫌なことを思い出したとでもいうように、おえんが鼻のつけ根に皺《しわ》を寄せる。あのときはすっかり怯《おび》えて、髪切り絵を四枚も買っていた。

「髪切り除け？」

真後ろから声がして、お妙は飛び上がりそうになった。重蔵は大柄なくせに気配を殺すのがうまい。いつの間に背後を取られていたのかと、胸を押さえつつ振り返る。

「ええ。妖怪《ようかい》の仕業《しわざ》と見せかけて、闇《やみ》に紛れて女の人の髪が切られたことがありまして」

「結局は『黒狗組』って連中の仕業だったんだけどさ。辻《つじ》では髪切り除けの護符を売り、切った髪はかもじ屋に売りで、ずいぶん稼いでたらしいよ」

お妙の後をおえんが引き取り、「とんでもない奴《やつ》らだよ」と昨日のことのように悔しがる。それには構わず重蔵は、話の先を促した。

「そ奴らは捕まったのか？」

「もちろんさ。だけど『黒狗組』って、武家の次男三男がずいぶんいるだろ。御番所じゃ裁けないってんで、しこたま注意されて帰されちまったよ」

いつも人の話にはあまり入ってこない重蔵が、なにに興味を引かれたのか。さり気なくその顔色を窺ってみるが、元から表情に起伏の少ない男だ。いまひとつ考えが摑めない。

少し探りを入れてみようか。そう思って口を開きかけたが、質問の代わりに小さな悲鳴が飛び出した。ぽたりぽたりと、結った前髪から雫《しずく》が落ちる。横ざまに、ばさりと水をかけられたのだ。

「コラ、アンタら！」

おかみさんの一人が犯人の男の子たちを追いかける。水かけ遊びが盛り上がり、ついやりすぎてしまったらしい。大人に囲まれすぐに捕まり、剝《む》き出しの尻を叩かれている。

「おや、水も滴《したた》るなんとやら、だね」

おえんにからかわれ、もはや苦笑いをするしかない。頭から水を被る男たちを羨《うらや》ましがっていたら、こちらもすっかり濡れそぼってしまった。

重蔵も水を被ったようだが、上背があるので肩しか濡れていない。とっさに庇《かば》えなかったことを、「すまぬ」と謝られた。

「はいはい、好色そうな目で見てんじゃないよ。お妙さん、ここはもういいから着替えといで。簪はアタシが預かっとくよ」

大家のおかみが手を叩き、周りの男たちの注意を逸《そ》らす。簪が亡きお夕キのものだとすれば、それを処分する権利は大家にある。違ったとしても持ち主が現れぬかぎりは、大家が好きにしてよかろう。

「すみませんが、お先に失礼します」

いったん外した井戸の化粧側《けしようがわ》を元通りにし、蓋《ふた》をして酒と塩を供える作業が残っているが、水に濡れた顔をさらしていたくはない。お妙は丁重に腰を折り、その場から引き取った。

二

日差しはまだ暑くとも、風のにおいはすでに夏の盛りのそれではない。

二階の内所《ないしよ》の窓を開けていると、風がそよそよと通り抜けてゆく。汗の引いた顔に薄化粧をほどこし、お妙は角盥《つのだらい》で手を濯いだ。

合わせ鏡をし、結い直した髪にほつれがないかを確かめる。客商売ゆえ、見苦しくない程度には見た目を整えておくよう心掛けている。

気になるところに軽く櫛目《くしめ》を通し、息をつく。身支度のやり直しとは、思わぬところで時を食ってしまったものだ。

とはいえ誰もが井戸浚いで忙しかろうと、店は夕刻から開けることにしてある。料理はまだ下拵《したごしら》えもできていないが、べつに急ぐことはない。お妙は道具を片づけて、窓の外に目を向けた。

笹《ささ》の葉が、さらさらと涼しげに鳴っている。

今日は七夕《たなばた》。織女《しょくじょ》と牽牛《けんぎゅう》の、年に一度の逢瀬《おうせ》である。

色とりどりの短冊《たんざく》や酸漿《ほおずき》、吹き流しなどの飾りをつけた笹竹が、各戸の屋上に競うように飾られているのは江戸っ子の見栄《みえ》だ。大店でも裏店でも、隣に負けじとばかりに高々と掲げる。

良人《おっと》の善助に先立たれてからは七夕飾りを出していなかったお妙だが、今年はふと思い立ち、『ぜんや』の常連客に筆や鋏《はさみ》を渡して作り上げた。たとえば短冊からはみ出しそうな『あまの川』という文字は、俵屋《たわらや》のお供で顔を出した熊吉《くまきち》の手跡《て》である。『年の緒長く恋ひやわたらむ』と古今和歌集の歌の下の句を引いてきたのは大伝馬町菱屋のご隠居。酸漿の実を針と糸で繋げたものはお勝が作り、色紙で西瓜を模《かたど》ったのはおえんである。紙製の網や鼓、吹き流しなどは手先の器用な重蔵の作ゆえ、仕上がりが繊細だ。

旗本の次男坊林只次郎はといえば、筆を渡すとさして悩む様子もなく、さらりとこう書きつけた。

『天階夜色涼如水』

晩唐《ばんとう》の詩人杜牧《とぼく》の、七夕を詠《よ》んだ漢詩から文言の一部を抜き出したという。流れるような水茎《みずぐき》の跡を見せつけられて、これが武家の教養かとお妙は内心舌を巻いた。

李白《りはく》や杜甫《とほ》、白居易《はくきょい》、杜牧といった唐代の詩人の漢詩は庶民の中にも好んで読む者はいるが、只次郎の場合は知識をひけらかすでもなく、それがあたりまえに身についている。寺子屋よりずっと質の高い教育を、幼いころから受けてきた証《あかし》であろう。

商人になりたいなどと只次郎はうそぶくが、ならばお妙も武家の男子に生まれたかった。亡き父は我が子の学びたいという気持ちに応《こた》えて聞けばなんでも教えてくれたが、家にあまり居着かぬ人で、お妙は常に渇《かわ》いていた。知識の泉にずぶりと浴し、残らず飲み干してしまいたかった。

風に揺れる短冊から、お妙はそっと目を逸らす。武家には武家の苦労があろうに、只次郎を羨んでどうする。べつに今の暮らしに不満があるわけではないのだ。ただ死んで生まれ変わるころには男も女も身分もなく、望むだけ学問のできる世になっていればいい。

今生《こんじょう》ではもう、善助が遺《のこ》してくれたこの店を守り抜ければ充分だ。幸い人に恵まれて、近ごろでは良人の面影に追い縋《すが》って泣く夜も稀《まれ》になった。死者の不在に慣れてゆくのははじめてのことではないが、やはり微《かす》かな痛みを伴う。

一年に一度会えるなら、いいじゃない。

子供のころには同情を覚えた織女と牽牛の伝説も、永《なが》の別れを知った身にはなにほどもなかった。此岸《しがん》と彼岸《ひがん》の間に横たわる川は、そう易々《やすやす》とは渡れない。

お妙は硯《すずり》を引き寄せ墨を磨《す》り、余った短冊に書きつける。

『ちはやぶる神も見まさば立ちさわぎ天の戸川の樋口《ひぐち》あけたまへ』

この歌の作者はたしか、小野小町《おののこまち》だっただろうか。窓から身を乗り出し笹竹に短冊を結わいつけ、なにを張り合っているのだろうと、己の稚気に自嘲《じちょう》が浮かぶ。負けん気の強さは俺の前だけにしておけと、言ってくれた人は忘却の彼方《かなた》へ去ろうとしている。

久方ぶりに瞳《ひとみ》が濡れ、化粧を直したばかりなのにとお妙は焦った。目を瞑《つぶ》り、懐紙を目頭に押し当てる。しばらくはそのまま、努めて深い呼吸を繰り返した。

「妙、お妙。飴屋《あめや》の倅《せがれ》がまた来てるよ。ちょいと顔を見せてやりなさい」

階段を上ってくる足音がすると思ったら、善助が声をかけてきた。風通しのため、部屋の襖《ふすま》は開け放してある。なにげなく振り返り、お妙はおやと目を見張った。

善助の顔はのっぺらぼうだった。それでもなぜか善助と分かるし、怖くもない。不思議に思っていると、今より少し高い自分の声が勝手に口をついて出た。

「嫌よ。だから内所に引っ込んでいるの」

膝《ひざ》に置いた己の手の甲を見下ろしてみると、若い女のようにぱつんと皮膚が張っている。いや、実際に若いのだ。撫でてみるとほどよい弾力で手のひらを押し返してくる。

「そうは言ってもお前、もうずっと逃げ回ってるじゃないか。私はいい話だと思うがね」

思い出した。飴屋の倅といえば十七のときに、縁談を持ち掛けてきた男である。なんでも店の前を掃《は》いていたお妙を見初《みそ》め、ぜひ嫁にと鼻息を荒くしているらしい。

「どこがいいのよ。あの人ったら、『しけた居酒屋の手伝いなんか、あんたには似合わない』って言ったのよ」

「それのなにが悪いんだい？」

「『俺だったら神棚にでも祀《まつ》って大事にする』ですって」

「結構なことじゃないか」

のっぺらぼうの善助は、その顔のごとく淡泊にお妙の訴えを聞き流す。頭にカッと血が昇るのが分かった。

「『ぜんや』はしけちゃいないし、私は飾り物じゃないわ」

「そんなこと言ってお前、石屋の倅も傘屋の倅も損料屋《そんりょう》の倅も、みぃんな袖にしちまったじゃねぇか。このまんまじゃ嫁き《い》遅れちまうぞ」

「それならべつに構わない。お父《とっ》つぁんとずっと一緒にいるもの」

このころは、自分でも訳が分からぬほど苛立《いらだ》っていた。縁談は降るほどあったが、誰も本当のお妙を見ようとはしない。

店で料理を作っているのはたんに面白いからなのに、孝行娘と誉めそやし、俺と一緒になればそんな苦労はさせないと、目に見えぬ檻《おり》に閉じ込めようとする。家の奥でじっとしていられる性分ではないことに、気づく者はいないのだ。

「でもねぇ、どこかに片づかないかぎり、世間がお前を放《ほう》っといちゃくれないよ」

諭《さと》すような善助の口調にも、胸がひどく搔《か》きむしられた。今のお妙が若いお妙の内に入り、外を眺めているような感覚である。ああついに、あれを言ってしまうと身構える。

「だったらお父つぁんがもらってちょうだい。本当の父娘《おやこ》じゃないんだもの、問題ないでしょ」

「――お嬢さん」

善助は全身で困惑していた。額に浮いた汗を手のひらで拭い、出会ったばかりのころのように呼び掛ける。

「そいつはいけねぇ。亡くなったお父上に、合わせる顔がありません」

かつて善助は、医者だったお妙の父が作る薬の行商で身を立てていたという。伝調なのは、火事で父母と死に別れるまで面識がなかったからだ。だが善助のほうではお妙を見知っていたらしく、焼け出されてお救い小屋で一人身を丸めていたところを見つけ、「長崎《ながさき》にいたんで、すっかり遅くなっちまった。すまねぇ」と、煤《すす》けた頰《ほお》を拭ってくれた。

当時の記憶は靄《もや》がかかったようにぼんやりしたままだが、その手の温かさにほっとしたのは覚えている。

「それが私の望みでも?」

「歳もずいぶん離れております」

「持ち込まれた縁談の中には、三十近く上の人もいたわ。だったらお父つぁんのほうが若いじゃない」

舌戦で善助に負けたことはない。お妙はなおも言い募る。

「お父つぁんが私の幸せを第一に考えてくれているのは知ってるわ。でもね、なにが幸せかは私が決めるの」

今にして思えば小憎らしい娘である。だがお妙だって、よそに遣《や》られまいと必死だった。

祈るような気持ちで善助の、剝き卵のような顔を見上げる。

「私を少しでも可愛《かわい》いと思うなら、お願い私の望みを叶《かな》えてちょうだい」

この言い回しは卑怯《ひきよう》だったかもしれない。だがお妙は唐突《とうとつ》に理解した。十七歳の胸に兆《きざ》した苛立ちのわけは、意に染まぬ縁談ではなく、仲立ちをしようとする善助にあったのだと。

お勝には、未だ恋を知らぬ女だと思われている。善助への気持ちは、父を慕うようなものであったと。ならば善助から他の男を薦《すす》められたときの、この虚《むな》しさはなんだったのだろう。たとえ拙《つたな》くともこれは恋だったと、認めてやってもいいのではないか。

その切なさを、瞳に込める。

「分かった、少し考えさせとくれ」

善助はお妙の凝視から逃れるように、額に手を当ててそう言った。話しぶりがいつも通りに戻っていることに、お妙は安堵《あんど》の息を吐《つ》く。

「きっとよ」

「ああ、真面目《まじめ》に考える」

善助が自分のことを、憎からず思っているのは分かっていた。それでも親子ほど歳の離れた恩人の忘れ形見を、妻にするのは是か非かと、悩み抜いたことだろう。けっきょく善助が腹を決めたのは、それから四月《よつき》も後のことだった。

三

「え、朝顔や〜、朝顔〜。変わり咲きのぉ〜、朝顔〜」

朝顔売りの声に、はっと目を見開く。短冊を書いたあと、いつの間にか寝入ってしまったようだ。

お妙はぼんやりとしたまま身を起こす。日の高さからすると、さほどの時は経《た》っていない。束《つか》の間《ま》のうたた寝に、懐かしい夢を見たものだ。織女と牽牛の年に一度の逢瀬を羨むお妙を見かね、善助が出てきてくれたのだろうか。

その顔がのっぺらぼうだったのは、もはやお妙が頭の中で、善助の像をうまく結べなくなっているからだ。せめて似顔絵でもあれば、記憶のよすがとなったものを。思い出の中の光景は、紗幕《しゃまく》を重ねたように曖昧《あいまい》になってゆく。

それでも夢で会えた喜びに、お妙は己をきゅっと抱きしめた。いいかげん料理の仕込みをしなければならないが、もう少しだけと目を瞑り、名残《なごり》を惜しむ。

物語に見るような、燃えるような恋ではなかった。だが激しいばかりが恋ではないと、夢を通して教えられた。誰がなんと言おうと善助とは、夫婦《めおと》になるべくしてなったのだ。

善助に連れられて江戸に行くと決めた幼い日から、お妙はすでにそのつもりだったのかもしれない。父の知人を騙《かた》る人さらいではないかと危ぶまないでもなかったが、お救い小屋に現れた善助の、後悔にまみれた顔は本物だった。お妙の父母の死という同じ喪失を抱えた者同士、もう離れられないという気がしていた。

夢の中身を味わいながら、お妙は目を閉じたまま眉《まゆ》を寄せる。細かな火の粉にチリッと肌を焼かれるような、嫌な感覚があったのだ。

気にするほどのことではないかもしれない。だが直感というものは、見ぬふりをしないほうがいい。お妙はもう一度、頭の中で夢を読み解いてゆく。

困惑する善助、まだ若く勝気なお妙。二人の会話はほとんど記憶にあるままだ。なにが引っかかっているのだろうと、お妙は頬を両手で包む。

「あっ！」

その手の感触に、はっと目を見開いた。

そうだ、お救い小屋に現れた善助は、お妙の頬を拭いながら「長崎にいた」と言ったのだ。

火事で焼け出された前後のことは、朧気《おぼろげ》にしか覚えていない。だが記憶の欠片がまるで水の中のあぶくのように、ぷくりと浮かび上がってくる。

ただの夢ではない。善助はたしかに「長崎」と言った。

まだ十《とお》だったお妙にふた親を亡くした悲しみは強すぎて、火事に遭ってからの時の流れは曖昧だ。それでも頬に煤が残っていたのだから、善助が迎えにきたのは焼け出されてから幾日も経たぬうちだろう。長崎からお妙の実家があった堺《さかい》まで、たとえ廻《かい》船《せん》に乗り込めたとしても着くはずがない。いやそれどころか、火事の報《しら》せさえ長崎までは届かない。

善助は「遅くなっちまった」わけではなかった。むしろ早すぎたのだ。

胸のざわつきが治まらない。善助はいったいなにに遅れたのか。長崎から、なんのために堺に向かっていたのか。お妙の両親に災難が降りかかることを、前もって察知していたかのようだ。

「お妙さん」

思考に耽《ふけ》っていたせいで、呼び掛けられて危うく悲鳴を上げそうになった。

重蔵である。お妙の部屋の襖が開いているので遠慮して、階段の中ほどから声をかけたようだ。

よほどのことがなければ、内所にいるところを呼びにはこないはず。動悸《どうき》を抑え、お妙はなにげなく返事をする。

「はい。どうなさったんですか」

「客人が来ている」

昼の営業がないことを知らぬ客が、うっかり来てしまったのだろうか。いや、まだそんな時刻ですらないはずだ。日の高さからして、朝五つ半（午前九時）を過ぎたあたりだろう。

「今行きます」

お妙は青ざめた顔を鏡に映し、もう一度紅を引き直す。落ち着くよう己に言い聞かせ、衿元《えりもと》を整えて立ち上がった。

店に下りると戸口の傍《そば》に、若い娘が所在なげに立っていた。手甲《てっこう》と脚絆《きゃはん》を着けた旅装で、江戸の女にしては垢抜《あかぬ》けぬ佇《たたず》まい。はて誰だろうと首を傾《かし》げ、床几《しょうぎ》に置かれた竹編みの平籠《ひらかご》を見てようやく合点がいった。

「あら、あなたは鮎《あゆ》売りの」

「へぇ、ご無沙汰《ぶさた》しとります」

玉川（多摩《たま》川）から十数里を歩いてくる、鮎売りの娘である。騒動に巻き込まれて売り物の鮎に傷がつき、買い手がつかずに困っていたところを助けてやったことがあった。あれはたしか、昨年の四月ごろだっただろうか。

「お礼が遅くなって、すまねぇです」

そう言ってぺこりと頭を下げる娘は、一年前よりも体つきが丸くなり、見違えるほどだった。防腐のために熊笹《くまざさ》を敷いた平籠には、立派な鮎が並んでいる。これがなければあのときの娘だとは、すぐには気づかなかっただろう。

「どうしたの。またなにか困っているの？」

「いいえ、違うんです。今日は鮎を届けにきたんで。これ、もらってくだせぇ」

「まぁ、そんな悪いわ」

「いいんです。あのときは本当に助かりました」

兄夫婦と暮らす娘は兄嫁に強く当たられていたようで、かつては傷ついた鮎を売り切って早く帰らねばと必死だった。いくら礼とはいえ売れば金になる鮎を人にやってしまっては、また折檻《せっかん》されるのではないかと心配になる。

「オラ、今は叔父《おじ》さんと暮らしてるんで」

お妙の懸念《けねん》を読み取ったか、娘は先回りして近況を知らせてくれた。義姉《あね》に追い回されて痩せこけていたのを、見かねて叔父が引き取ったらしい。どうりでよく日に焼けた顔は、血色がいいはずだ。

「近ごろやっと落ち着いてきたんで、お妙さんのこと話したんです。そしたら手土産持って礼に行けって、気持ちよく送り出してくれて」

「そうだったのね、よかった。遠路はるばる、ありがとうございます」

玉川の鮎売りが目指すのは、四谷塩町《よつやしおちょう》の鮎問屋である。そこからさらに外神田の花房町まで、足を延ばしてくれたのだ。秋口の鮎は夏の鮎のように香りはしないが、大ぶりで脂が乗っている。

「これはもしや、落ち鮎ですか？」

鮎の腹がぱつんと張っているので尋ねてみると、娘はそうだと頷《うなず》いた。

落ち鮎とは産卵のために、下流へと落ちてゆく鮎のこと。腹には卵や白子をたっぷりと抱いている。もう少しすれば全体が赤みがかった色になり、皮が硬くなってしまうから、今時分がちょうど旨《うま》い。

思いがけずいい食材が手に入った。タダでは忍《しの》びないから幾ばくかを払おうとしたが、娘は「それじゃお礼にならねぇから」と固辞する。「払う」「いらねぇ」の問答を何度か繰り返し、これでは埒《らち》が明かないと、ありがたく頂戴《ちょうだい》することにした。

「でもせめて、なにか食べてって。簡単なものになってしまうけど」

竈《かまど》にはまだ火すら入れていない。なにが作れるだろうかと思案しつつ、お妙は前掛けの紐《ひも》をきゅっと結ぶ。店の片隅に顔を向け、木っ端《こっぱ》売りから求めた薪《まき》を小刀でさらに細かくしている重蔵に声をかけた。

「すみません、重蔵さん。七厘《しちりん》に火を熾《おこ》していただけますか」

「承知した」

短く答えて重蔵は、細かくした薪を手に調理場に入る。火を熾すためにしゃがみ込み、見世棚《みせだな》の向こうに姿を隠した。鮎売りの娘は訝《いぶか》しげに、その動きを目で追っている。

「あの人は?」

あちらから見えないのをいいことに、息が触れるところまで顔を寄せてくる。つられてお妙も声をひそめた。

「うちの用心棒です」

体格がよく眼光鋭い重蔵は、若い娘にしてみれば恐ろしいのだろう。鮎売りの頬は強張《こわば》っている。『ぜんや』を訪《おとな》い重蔵に出迎えられた娘は、ずいぶん胆《きも》を潰《つぶ》したようだ。

「少し待っていてくださいね」

そう言い置いて見世棚をぐるりと回り、お妙も調理場に足を踏み入れる。昨日の里芋団子がまだ残っていたはずだ。蒸《ふ》かして潰した里芋に片栗粉を混ぜ、団子状にしたものである。客にはそれを揚げて餡《あん》かけにしたのを出したのだが、香ばしく焼いても旨かろう。

重蔵は慣れた手つきですでに火を熾している。薪の下に重ねた木炭にまんべんなく炎が回るよう、団扇《うちわ》で煽《あお》ぎつつ顔を上げる。

「このくらいでよいか？」

「ええ、ありがとうございます」

当人は上野国から流れてきてまだ間もないようなことを言っていたが、この火の扱い一つ取っても浪人生活が長いのは分かる。だがそんな思惑はおくびにも出さず、お妙はにっこり微笑んだ。

パチパチと炭が爆《は》ぜる七厘に網を置き、布巾《ふきん》をかけて置いてあった里芋団子の、まん丸なのを手のひらで少し潰して並べてゆく。重蔵の腹が微かに鳴ったのを聞き、二人分焼くことにした。

タレは醤油《しょうゆ》、味醂《みりん》、砂糖を混ぜたもの。団子がカリッときつね色に焼けてきたら、タレに潜《くぐ》らせて再度表面だけを軽く炙《あぶ》る。仕上げに真四角に切った焼き海苔《のり》を載せ、出来上がり。

床几の上の平籠を除《ど》けて「はいどうぞ」と置いてやると、娘は目を輝かせた。

歳はたしか十五。まだまだ育ちざかりである。娘は床几に腰を下ろすと箸《はし》を取るのももどかしく、里芋団子にかぶりついた。

「うんまい。モチモチだぁ」

口の中のものを飲み下し、呆《ほう》けたように息を吐く。この素直さは、どこぞの誰かさんに似ている。

「団子と言っても里芋ですから、いつでも簡単に作れますよ。タレは醤油だけでもいいですし、鰹節《かつおぶし》をまぶしても風味が出て美味《おい》しいと思います」

里芋ならどこの家にもある。特別なものはなにも使っていないと聞いて、娘はつぶらな瞳《ひとみ》をさらに丸くした。

「へぇ、うちでもできっかな。やってみます」

若い食欲は旺盛《おうせい》で、三つ並んだ団子のうち二つがすでに消えている。一つ一つが手のひらにずしりと重いくらいで、食べきれなかったら包んでやるつもりだったが、その心配はなさそうだ。自分もこの歳ごろには、よく食べたものだと懐かしく思う。

七厘の火に小鍋《こなべ》をかけて湯を沸かし、番茶を淹《い》れる。重蔵は空になった皿を「旨かった」と返し、勝手口から出て行った。行き先を告げなかったところをみると、おそらく厠であろう。

鮎売りの娘は出された番茶を啜《すす》りつつ、その背中を目で追っていた。三つ目の団子もいつの間にか、腹に収めてしまったようだ。満足げに茶を飲んでいたが、重蔵が姿を消すと、一転して思い詰めた顔で「あの」とお妙の袖を引く。

「あの人、いつからいるんです?」

やけに重蔵を気に掛ける。訝りながらもお妙は正直に答えた。

「今年の閏二月です」

「その前は、なにをしてたんでしょうか」

「さぁ、詳しくは知りませんが」

どうも様子が変だ。勝手口のあたりにきょろきょろと、視線をさ迷わせる娘の隣に腰掛ける。両手を握り込んでやると、娘ははたとお妙に目を据えた。

「思い違いかと思ったけども、たぶん違ってねぇ。あの人、オラの鮎をダメにした二人組の片割れだ」

「それって、内藤新宿の？」

娘は昨年風体《ふうてい》よろしからぬ二人の侍が旅籠《はたご》の下男に無体を働いているところへ行き合って、手にしていた籠から鮎をぶちまけてしまったのだ。その二人組は、たしか「黒狗組」と名乗っていたはずで——。

「あの目の冷たさは忘れねぇ。だって、おっかなかったんだもの」

熱い番茶を飲んでいるのに、娘はぶるっと身震いをして見せる。喧嘩《けんか》や小競り合いは江戸では珍しくもないが、年端も行かぬ田舎暮らしの娘にとってはよっぽど恐ろしかったのだろう。お妙の顔を、気遣わしげに覗き込んできた。

「危ない目に遭ってたりしてねぇですか、お妙さん」

四

「うっまぁい！」

夕七つ（午後四時）を過ぎ常連客で賑わってきた店内に、只次郎の声が響き渡る。

「柔らかい若鮎もいいですが、落ち鮎の食べ応えもたまりませんねぇ」

「ふむ、つゆをかけてあるから身離れがよくって、食べやすいのもありがたい」

小上がりで車座になっているのは只次郎の他に、菱屋のご隠居と駿河町三河屋の主である。三人が舌鼓を打っているのは、きりりと冷たい鮎素麺《あゆそうめん》である。

七夕といえば素麺だから、酔い覚ましにちょっと啜れるよう麺の買い置きはしてあった。そこへ思いがけず鮎をもらったものだから、立派なご馳走《ちそう》になったのである。

麺のつゆにじっくりと焦げ目をつけて焼いた鮎を入れひと煮立ちさせ、水で冷やしておいたので香ばしい風味がよく出ているはずだ。鮎の味を邪魔しないよう、出汁《だし》は昆布《こんぶ》で引いてある。薬味は茗荷《みょうが》、大葉、それから葱《ねぎ》。梅干しの潰したのも添えて、さっぱりとした口当たりに仕上げた。

「うちも昼は素麺だったが、麺もつゆもぬるくって、葱がぱらりとかかっただけ。やっぱりお妙さんのようにはいかないねぇ」

三河屋が愚痴を零《こぼ》しつつ、小気味よい音を立てて麵を啜る。

七夕に素麵を食べるのは、元々機織りや裁縫の上達を願う祭りだったから細長い麵を糸に見立ててとか、天の川を模してとか言われているが、実のところよく分からない。いずれにせよ首元にまとわりつく残暑を払い落とすには、ちょうどいい食べ物である。

「ところで三河屋さん、例の件はどうなったんです？」

これまた口当たりのいい芋茎《ずいき》の酢の物を箸休めに、菱屋のご隠居がにやりと笑う。

そのとたん只次郎が、麵を啜りそこねて激しく噎《む》せた。

「ちょっと、大丈夫かい」

そう言って背中をさすってやるお勝の口元にも、堪《こら》えきれぬ笑みが浮かんでいる。

「いやそれが、ちっとも見つからないんだよ。タダさんとやらが」

なにも知らぬ三河屋だけが、盃《さかずき》を片手に渋面を作る。

職人の扮装をした只次郎に、三河屋の上の娘、お浜が惚《ほ》れてしまったのが先月のこと。それ以来三河屋は娘に急《せ》かされてしょっちゅう『ぜんや』に顔を出しているが、なんの手応えもないまま帰らされる羽目になっている。

お捜しの「タダさん」はたいてい隣に座って酒を飲んでいるのだが、少しも疑ってはいないようだ。それをいいことに意地の悪い面々は、只次郎の前でわざとこの話を持ち出すのである。

「だけど見つかったら見つかったでどうするんだい。お浜さんと添わせてやるつもりかい？」

お勝に聞かれ、三河屋は右の拳《こぶし》を固めた。

「冗談じゃねぇ。下職風情《したしょくふぜい》にやるために娘を育ててきたわけじゃないんだ。お浜がせっつくから捜しちゃいるが、見つかったら『娘に近づくんじゃねぇ』と一発ぶん殴ってやる」

「あらまぁ怖い」

お妙は上っ面だけで相槌《あいづち》を打つ。話の輪に入ってはいても、心がひとつ所に収まらず、気が散ってしょうがない。合間合間に勝手口の傍らで根付《ねつけ》を彫る、重蔵を盗み見てしまう。

鮎売りの娘が言うように、重蔵は「黒狗組」の一味なのだろうか。だとすれば今朝《けさ》のおえんとの会話に、食いついてきたのも頷ける。重蔵が話に割り込んだのはたしか、「黒狗組」という名前が出てすぐのことだった。

仮に重蔵が「黒狗組」だったとして、どういう問題があるだろう。

かつて「黒狗組」の賭場《とば》に潜っていた只次郎は、規律のない烏合《うごう》の衆だと言っていた。誰かが取りまとめているわけでもなく、そう名乗った者たちが好き勝手にやっている。髪切り騒動を起こした者たちと賭場の連中は連絡を取り合っていなかったらしく、誰も全体を把握してはいないようだ。

只次郎からは「一人一人と話してみると、案外いい人たちですよ」とも聞いている。集団とは得てしてそういうものだ。群れとしての意識に流され悪事を働いたとしても、根っからの悪人というのはそう多くない。

その点重蔵の根っこは、善人だとお妙は思っている。そうでなければ素性を偽っている男を、わざわざ用心棒として近くに住まわせてはおかない。そもそもの出会いのとき『ぜんや』で暴れた二人組の御家人を、退治するのに重蔵は刀を一切抜かなかった。

実力差があるからできることとはいえ、一人は白刃《はくじん》を閃《ひらめ》かせていた。一歩間違えば切り捨てられていたかもしれないのに、重蔵はあくまで相手に怪我を負わせぬことを選んだのだ。

べらぼうに強くても、その剣は人を生かすためのもの。そう思ったから行き場のない重蔵を傍に置いている。だがここにきてお妙は自分の直感に、自信が持てなくなっていた。

だって誰よりもよく知っていると思っていた善助でさえ、もはや信じきれずにいるのである。あの人はいったい何者だったのか。亡き父とのかかわりは、本当はどういうものだったのか。

姉であるお勝に話を聞きたいが、他に人のいる今はできない。お勝とて善助の、すべてを知っているわけではないだろう。それでもお妙を慈しんでくれたことは真実だと、心の底から信じていたい。

「お妙さん。あの、お妙さん」

只次郎の呼ぶ声が、物思いに割り込んでくる。何度目かの呼び掛けで、お妙はやっと正気づいた。

「どうかしましたか?」

「すみません。少しぼうっとしてしまって」

取り繕うように笑い、「朝の井戸浚いで疲れたのかもしれませんね」などと言い訳をする。だが小上がりから見上げてくる只次郎は、やけに真面目ぶった顔をしている。

「重蔵さんですか?」

あからさまに見ているつもりはなかったのに、気づかれたようだ。とっさに「なにがです？」と空惚《そらとぼ》ける。只次郎はお妙が微笑むのに合わせ、口元に薄《うっ》すらと笑みを浮かべた。

それはまるで痛みを堪えて笑っているかのようで、こんな顔をする人だったかと胸が騒ぐ。ごまかされたと分かっても、只次郎はそれ以上踏み込んではこない。

他の三人は、まだお浜の話で盛り上がっていた。只次郎はいたたまれずに、お妙に逃げ場を求めようとしたのだろう。瞬きをする間にふだん通りの邪気のない笑顔に戻り、「笹はもう流しましたか」と聞いてくる。

「いえ、まだ二階の軒先に飾ってありますが」

「だったら、これから流しませんか」

七夕の笹は一夜飾り。六日に飾って七日の夕べには川へ流す。さっきから表が賑やかなのは、このへんの住人が神田川へ笹を流しているからだ。皆で飾りつけたのだから、皆で見送るのも悪くない。

「いいですね。おえんさんも呼んできましょう」

「なんだい、七夕流しかい？」

「ええ。ねえさんは二階の笹を取ってきてくれない？」

「私もお手伝いしますよ」

「そんなこと言ってアンタ、この子の部屋に入りたいだけなんじゃないかい？」

「違いますよ。私はお勝さんの腰を心配して」

「人を年寄り扱いしてんじゃないよ」

只次郎とお勝の、いつもの軽口が心地よい。変わらないものなどなにもないが、もう少しこのままでと思えるのは幸せなことなのだろう。今もいずれは過去になる。夜空の星々のように、遠くから眺めるだけのものに。

手を伸ばしても届かぬ人を、問い詰めることはもはやできない。

神田川のほとりには、子供たちの笑い声が満ちている。日はやや陰り、川辺の風に秋のにおいを感じた。

裏店の一家に行き合い、「こんばんは」と挨拶《あいさつ》を交わす。お妙に水をかけてしまい、尻を叩かれていた男の子だ。袖を引いてくるので身を屈《かが》めてみると、「わざとじゃないんだ、ごめんよ」と謝られた。

短冊からはみ出さんばかりの『おりひめ』『ひこぼし』という文字は、手習いを始めたこの子の手跡《て》だろう。元気いっぱいなところが好もしく、でこっぱちの頭を撫でてやった。

「やあ、こりゃ豪勢だ」

前をゆくおえんがはしゃいだ声を上げる。橋や土手下から笹を投げる人はひっきりなしで、飾りをつけた笹竹が、上流からもさらさらと流されてくる。五色の短冊に彩られ、川面《かわも》は絵の具を散らしたように賑やかだった。

「この景色を肴《さかな》に一杯いけそうですねぇ」とご隠居。

「せめて舐《な》め味噌をつけてくれ」と、家業になぞらえて三河屋が笑う。

蜩《ひぐらし》の鳴く初秋の夕べ。善助が命を落とした川は、夕日に映えて光っている。流れてゆく笹竹は、あの人の元へと届くだろうか。

「大丈夫かい？」

お妙がなにを考えているか、お勝にはだいたい分かったのだろう。肩にそっと触れた手に、真心がこもっている。

「ありがとう、平気よ。だけど今日は泊まってってってくれない？」

「そりゃあべつに、構やしないけどさ」

神田川の流れに人恋しさを募らせたと思ったか、お勝の声は柔らかい。善助のことを詳しく教えてほしいなどと言ったら、面食らわせてしまうだろうか。だが一人で思い悩んでいても、なにも得られそうにない。

「ねぇねぇ、橋の上から投げるんじゃなくってさ、土手を下りて流しとくれよ」

「ええっ。人使いが荒いですね」

おえんに注文をつけられて、笹を持っている只次郎は文句を言いながらもするすると、土手の斜面を下ってゆく。

「あ、私も行きます」と後に続こうとしたものの、履いている下駄が二枚歯だ。それでも斜面の凹凸に歯を引っかけて下ろうとすると、一歩前に進み出た重蔵に手を取られた。

「すみません」

「遠慮はいらぬ」

言葉は短いが、重心を取りながらゆっくりと歩いてくれる。剣を使うわりにその手のひらは柔らかい。余計な力が入らなければ、いくら素振りをしてもマメはできないと聞いたことがある。

近ごろ重蔵がお妙の身辺にまで気を配るのには、「黒狗組」がかかわっているのだろうか。たとえば仲間といざこざがあり、つけ狙《ねら》われているだとか。まだ重蔵が「黒狗組」と決まったわけではないが、あり得ぬことではないと思えた。

先に下りた只次郎がこちらを振り仰ぎ、誤って虫でも食べてしまったかのような、言い知れぬ顔をする。なんだろうとお妙も後ろを振り返り、足元がおろそかになった。

「あっ！」と小さく叫んだ直後、重蔵の厚い胸に受け止められる。お妙の重みを支えたくらいでは、その体はびくともしない。

「ちょっとちょっと、なにをやっているんですか」

土手の下で、只次郎が騒いでいる。重蔵に支えられるようにしてお妙は慎重に歩を進め、どうにか平たいところにたどり着いた。

重蔵の温《ぬく》もりが、体から離れてゆく。礼を言おうと顔を上げると、重蔵はもうお妙を見ておらず、川面に目を遣っている。眉間《みけん》に皺を刻みなにやら難しい顔をしている重蔵に、声を掛けるのをためらった。

「もう、危ないじゃないですかお妙さん」

「ええ、少し肝が冷えました」

「黒狗組」について只次郎に意見を聞きたくて追ってきたものの、当の重蔵が傍にいては話もできぬ。この場は笑ってごまかすことにした。

「さ、笹を流してしまいましょう」

「あとの皆さんは来ないんですか？」

土手を見上げると、おえんが手を振り返してきた。ここで見ているという合図だろう。あとの三人は、足腰に不安がありそうだ。

「ま、いいでしょう」

お妙は只次郎から笹を受け取り、水辺に屈む。岸に近いと流れにうまく乗らないから、うんと腕を伸ばして笹を浮かべた。

だがそれでも少し先で、岸へ流れついてしまう。お妙は着物の裾《すそ》を取り、下駄のままざぶざぶと川へ入った。

「お、お妙さん」焦ったような只次郎の声を背後に聞く。

花房町に移り住んできたころは、まだ十一。神田川でよく水浴びをして遊んだ。どこが深く、どこが浅いかは知っている。

二、三歩進んで流れの速いところに放ると、笹はくるりと回転し、ゆるゆると遠ざかっていった。

俄事

一

「うぇ〜き、花ァ。うえ木やァ〜、うぇ〜き〜」

秋の陽射《ひざ》しに包まれて、植木売りの瑞々《みずみず》しい呼び声が響き渡る。咲きたての秋明菊《しゅうめいぎく》や桔梗《ききょう》を台輪《だいわ》に載せて、天秤棒《てんびんぼう》を担ぐ姿は柳腰。細木綿の袖口《そでぐち》から突き出た腕は白くたおやかで、衆目を引きつけずにおかぬ所作は、さすがの吉原《よしわら》芸者である。

ここは新吉原仲《なか》ノ町《ちょう》。いつもは清掻《すががき》の鳴らない昼見世《ひるみせ》も、八月ばかりは三味線に笛、鼓に太鼓とたいそうな賑《にぎ》わいである。

女芸者や幇間《ほうかん》らが、路上でにわか芝居を演じるから吉原俄《にわか》。九郎助稲荷《くろすけいなり》の祭礼で、八月の三十日間行われることになっているが、晴天にかぎるため、たいてい九月にまでずれ込む。

俄の間は普段は見ない素人女にも吉原見物が許されており、冷やかしの男衆に交じって女たちも、出し物にやんややんやの声援を送っていた。

「男姿の女というのは、なぜにこうもそそるのか」

植木売りに扮《ふん》した芸者衆が通ってゆくのを爪先立《つまさきだ》ちに見て、二本差しの男が舌舐《したな》めずりをする。すでに酒が入っているらしく、目元に酔気が滲《にじ》んでいる。

「なぁ、森《もり》。そうは思わんか」

同意を求められ、群衆とぶつからぬよう肩を縮めていた林只次郎は、「はぁ」と気の抜けた返事をした。

「男を装うことで並の男より美々しく、かつ、たおやかに見えるからではないでしょうか」

「なるほど、さすがだな」

その感心はどこに向けられたものなのか。男は剃《そ》り残しのある顎《あご》を撫《な》でている。

只次郎は久方ぶりに見る男の顔を窺《うかが》いながら、「あの、大山殿《おおやま》」と呼びかけた。

「なぜに我々は、吉原に繰り出す必要があったのでしょう」

男は只次郎がかつて出入りしていた賭場《とば》を仕切っていた、大山である。家は旗本ながらおそらく小禄《しょうろく》。しかも次男坊とあっては、暇はたっぷりある代わりに金がない。

そこで旗本の二、三男数人と「黒狗組《くろいぬぐみ》」を名乗り、武家やその奉公人相手に賭場を開いていたというわけだ。

只次郎は居酒屋『ぜんや』の女将お妙を害しようとした駄染《だぞ》め屋の行方《ゆくえ》を突き止め

ようと、大山の賭場に潜っていた。その際の偽名が森忠次郎《ちゅうじろう》。ゆえに大山は只次郎を「森」と呼ぶ。

「いやなに、そろそろ新しい金儲《かねもう》けを考えようと思うてな」

目付の手入れがあるやもと教えると、大山はすぐに小石川《こいしかわ》の賭場を畳んだが、その後も河岸《かし》を変えて続けてはいるはずだ。でなければ昼の日中から、酒を飲む金もあるまい。

「なんでも旗本の次男坊に、声のよい鶯《うぐいす》を育てて儲けているのがいるそうだ」

大山が意味ありげにこちらを流し見る。

只次郎はどきりと胸を押さえた。隠していた素性を、ついに知られてしまったろうか。大山は悪い男ではないが、「黒狗組」を名乗っているかぎり腹を割ってつき合おうとは思っていなかった。

「聞いた話によるとな、たかだか鶯一羽に十両だか二十両だかの値がつくという」

「え、いやそれほどでは——」

噂《うわさ》というのは恐ろしく、知らぬ間に立派な尾鰭《おひれ》がついている。当代一の鶯であるルリオならば、その値で譲ってくれという申し出があるにはあったが、すべて断ってしまった。

「もしや、鶯に手を出そうとなさっておるので？」

恐る恐る探りを入れてみる。素性が知れているのなら、只次郎の鶯稼業に一枚嚙《か》ませろという話かもしれない。

「いいや。すでに名人がいるのなら、今さら手を出しても仕方があるまい。だが生き物も草花も、秀でたところがあれば目玉の飛び出るような値で売れるというではないか」

植木屋に扮した女芸者の、呼び声が遠ざかってゆく。巷《ちまた》の好事家《こうずか》や大身《たいしん》旗本、あげくは大名まで、動植物の逸品を求めているのはたしかである。草花ならば菊に万年青《おもと》、松葉蘭《まつばらん》などの異種、鳥ならば声のよきもの、その他姿形の美しきもの、珍かなものが珍重された。

「なにせ旗本屋敷は広いだけが取り柄ゆえ、飼養栽培の場所には事欠かん。皆で育てればなかなかの実入りとなろうよ」

相変わらず、労少なく千金を得ようとする男である。そう簡単に金満家の耳目に適《かな》うものが作れるのなら、誰《だれ》も苦労はせぬだろう。

とはいえ只次郎の身の上が、明らかになったわけではなさそうだ。秘《ひそ》かに胸を撫で下ろし、「なにを育てようというのです？」と聞いてみた。

「どうせなら美しいものがよかろう。美しいといえば金魚、金魚といえば傾城《けいせい》、傾城といえば吉原だ」

「はい？」

繋《つな》がりがいまいち摑《つか》めず、只次郎は首を傾《かし》げる。

金魚飼いは吉原の遊女にも人気があるらしい。そんなものを愛《め》でていられるのは、せいぜい部屋持ち以上の女と思われる。小さな鉢の中を泳ぐ美しい魚に、苦界に囚《とら》われた我が身を映すがゆえだろうか。

だが俄の真っ只中、見物客で混雑する吉原に、金魚売りなどわざわざ来ない。ましてや只次郎たちが上がるような小見世には、金魚飼いをする余裕のある女郎などいそうになく、これは詭弁《きべん》も甚だしい。

「分かりました。たんに俄見物がしたかっただけですね」

「ばれたか」

目論見《もくろみ》などないと見破られ、大山は磊落《らいらく》に笑う。すると急に人懐っこい顔になり、どうも憎めないからこの男は始末が悪い。多少振り回されても「まったくもう」と小息をついて、許す気になってしまう。

「ま、新しい金儲けのしかたを思案しているのは本当だがな」

そう言って大山は、にこりと白い歯を見せた。

『ぜんや』の用心棒である草間重蔵が、「黒狗組」の一味であったかもしれない。そんな疑惑をお妙が抱いたのは、先月の七夕のことだった。昨年の夏に助けた鮎売りの娘が礼に訪れ、重蔵がかつて見た「黒狗組」を名乗る二人連れの片割れに違いないと、耳打ちをしたそうだ。

しかし只次郎がお妙から相談を受けたのは、盂蘭盆《うらぼん》も藪入《やぶい》りもとっくに過ぎてからである。というのも重蔵が、お妙の声の届くところに常に侍《はべ》っていたせいだ。

重蔵とて夜になれば裏店に寝に帰るが、その前に只次郎も帰っている。お妙はもの言いたげな素振りすら隠していたから、こちらから気を利かせることもできなかった。

痺《しび》れを切らしたお妙は、義姉《あね》のお勝を頼った。

「ちょいとあんた、面貸しな」

いつものようにお妙の菩薩《ぼさつ》の笑みに癒されようと、『ぜんや』を訪れた只次郎は、腕組みをした仏頂面のお勝に呼び止められ、なにをしでかしてしまったのだろうと肝を冷やした。

もしくはお妙と重蔵がうまくいきそうだから、横恋慕してくれるなという忠告やもしれぬ。想《おも》い人が誰を気にしているのか、分からぬほど愚かではないつもりだ。覚悟を決めて外に連れ出されてみれば、まったくあてが外れていたので力が抜けた。

「なんだい、そのだらしない顔は。ま、おおかたの想像はつくけどさ」

目についた茶屋の縁台に座り、お勝は呆《あき》れ顔で串団子《くしだんご》に齧《かじ》りつく。その歯は黄ばんではいるが、まだ充分に健康そうであった。

「あの子が近ごろ重蔵さんをチラチラ見てたもんだから、思い違いをしたんだろ。その点は安心してくれていいから、さっさと頭を切り替えとくれ」

只次郎が気を揉《も》んでいたことなど、お勝にはお見通しだったらしい。背中を平手でバシリと叩《たた》かれ、ようやく口元が引き締まる。引き締まらざるを得ないほど、痛かった。

「あんた、大出世なんだよ。前はあの子、『危ないことはやめてください』と言ってたじゃないか」

そうだ、以前「黒狗組」の賭場に潜り込もうとなったときは反対された。だからお妙に内密で事を進め、機嫌を損ねてしまったのだ。

そのころに比べたら、なんという進歩だろう。只次郎に相談をもちかけたということは、できるなら「黒狗組」に近づいて重蔵の正体を探ってほしいというのだ。少しは頼られる男になれたかと、只次郎は秘かに太さの増した腕を撫でた。

「ダメだこりゃ。またにやけちまってる」

お勝にはこれ見よがしに溜《た》め息《いき》をつかれてしまったが、ここは張りきらねばならぬ。

「いいえ、任せてください！」勢いに任せてお勝の枯れ木のような手を握り込み、茶屋娘からは大いに不審の目を向けられてしまった。

翌日から只次郎は動きだした。といっても「黒狗組」の面々で素性が明らかなのは、屋敷の中間《ちゆうげん》部屋を賭場にしていた沖津《おきつ》のみ。こちらは無役《むやく》の小普請組《こぶしんぐみ》である。他に頼るあてもなく、久方ぶりに小石川まで足を延ばした。

林家同様、沖津家には門番などという気の利いたものはない。潜《くぐ》り戸を抜け「御免」と呼ばわると、なんと沖津本人が出てきた。

沖津は幼馴染《おさななじ》みの大山のように、放埒《ほうらつ》な質《たち》ではない。ほぼ一年ぶりに訪れた只次郎を見て切れ長の目を訝《いぶか》しげに細めたが、追い返すほどでもないと判断したらしく、表の間に通された。

人手が足りないのだろう。沖津は茶まで手ずから運び、只次郎の正面に腰を落ち着けた。妻女がいる気配はあれど、表に出てこないのが普通である。とはいえ出された茶にはきちんと色がついており、暮らし向きはさほど悪くもなさそうだ。

「して、用向きは？」

近況を語り合うでもなく、沖津は率直に来意を尋ねてきた。只次郎は己の素性を明らかにしておらず、沖津も大山と共にあまり大きな声では言えないことをしているのだから、そうせざるを得ないのだ。

お妙の名を安易に出すわけにはいかぬ。只次郎は知人の雇った用心棒が「黒狗組」であるかもしれず、その知人がたいそう不安がっているから、一味の中に心当たりはないかと尋ねた。

「ふむ、草間重蔵な」

沖津の顎は女子《おなご》のように細い。声も並の男よりは高いが、落ち着いておりよく通る。

只次郎の告げた名を繰り返し、思案げに目を伏せた。

「ええ。その名ももしや、実名ではないかもしれませんが」

仮名であったときのために、重蔵の風体も併せて伝える。あの長身と、目つきの鋭さは目立つだろう。重蔵が、なんの特徴もない男でなくてよかった。

「お知り合いにはおられませんか？」

「おらんな。他の者にも聞いてみるが、知ってのとおり『黒狗組』は名乗ったその日から『黒狗組』」

「はい。縦の繫がりはなく、横の繫がりも薄いもの」

「あてにはするな」

「心得ております」

同じ「黒狗組」を名乗ってはいても、沖津や大山たちは市井の者に決して無体を働かない。だが一部の柄の悪い連中が評判を落としていることを、なんとも思ってはいないようだ。それほどまでに「黒狗組」には、結束というものがなかった。

駄染め屋のときにも思ったが、つくづく人捜しに向かない集まりである。とはいえ沖津らの賭場には、さほどよしみのない「黒狗組」の面々もやって来る。只次郎はその点に賭《か》けていた。

「して、収穫のあるなしにかかわらず、どう知らせる?」

「ああ、そうですね」

実の名すら明かしてはいないのだ。沖津から只次郎に、連絡を取る術《すべ》はない。

只次郎は少し考え、やや面倒だがと胸の内だけで呟《つぶや》き、その先を口にした。

「では私が三日に一度、首尾を伺いに参ります」

そのとたん、沖津は取り繕うこともなく顔をしかめた。暇があるとはいえ、頻繁に訪ねて来られるのは嫌なのだろう。思案げに眉《まゆ》を寄せたまま、座敷から見える庭木を指差した。

「あそこに、山法師《やまぼうし》の木がある。知らせのあるときにだけ、その枝に晒《さら》しを結びつけておこう」

あの木なら、塀の外からも見えるだろう。けっきょく只次郎の足労は変わらぬが、沖津が気楽ならそれでいい。只次郎は「かしこまりました」と頷《うなず》いた。

そういうことがあり、本日葉月《はづき》六日。真っ赤な実をつけた山法師の木の枝に、ついに晒し布が翻っていた。やっとお妙に成果を持って帰れると、軽い足取りで沖津家の潜り戸を抜けたのだが。

「おお。待っておったぞ、森」

只次郎を当たり前のように出迎えたのは、大山だった。長い無沙汰《ぶさた》を責めもせず、親しげに背中を叩いてくる。その懐《ふところ》の深さが懐かしく、こちらもまた頬《ほお》が弛《ゆる》んだ。

だがそうやってほだされてしまっては、もはや大山の恣《ほしいまま》。

「よし、では行くぞ」

草履を脱ぐ暇も与えられず、吉原までの道のりを歩かされてしまったというわけだ。

二

武士の魂たる刀は、人混みの中に在っては邪魔でしかない。町衆のほうでも配慮する余裕なく押されてくるため、只次郎は大刀を鞘《さや》ごと抜き、左手に持った。ふと職人に扮した際の、腰の軽さを思い出す。あれは家名に縛られることのない、その身一つの気軽さだ。「イヨッ、待ってました！」と体面憚《はばか》ることなく俄を楽しむ男たちを眺めていると、手にした刀がずしりと重く感ぜられた。

「あれは、助六《すけろく》だな」

傍らに立つ大山が、誰に聞かせるでもなく呟く。こちらも大刀を手に持っており、貧乏旗本の次男坊としてその重さに不満を抱いてもいるだろうに、頬にはどこか投げやりな笑みを浮かべている。

周りの町衆ばかり眺めていた只次郎は、吉原のど真ん中を縦に突っ切る仲ノ町の通りに目を遣《や》った。その中ほどに車のついた舞台が引き出されており、どうやら芝居が始まったようである。

少し遠いが背伸びをすれば、舞台の上で若い男の肩に手を置きゆっくりと八の字を踏む、きらびやかな花魁《おいらん》の姿が見えた。

「ありゃあ、松葉屋《まつばや》の振袖新造《ふりそでしんぞう》じゃねぇか」

「ひと足先に花魁姿か。こりゃいいや」

女の顔を見知っていたらしい男たちが、どよめいている。松葉屋は江戸町一丁目《えどちょう》にある大見世だ。そこの振袖新造というだけあって、さすが小作りな顔は整っている。

演目が助六だというのなら、これはその敵娼《あいかた》の揚巻《あげまき》の役であろう。

芝居は庶民の娯楽ゆえ、おおかたの筋は知っているが只次郎は見たことがない。花魁が登場しただけでよく助六と分かったものだと大山を褒めると、「そんなもの、気にせず見に行けばよかろう」と笑われた。大山の行いを真似《まね》しようとは思わないが、己はまだまだ武士の規範というものに囚われているのだと、自覚せずにはおれなかった。

芝居は細かい台詞《せりふ》を飛ばし、見どころだけをやるようだ。それでも酔態を隠せぬ揚巻に禿《かむろ》が駆け寄り、酔いざましの薬である「袖《そで》の梅《うめ》」を渡す場面を省かなかったのは、それが新吉原伏見町《ふしみちょう》の薬屋が誇る売り薬だからであろう。

只次郎ならば薬の名を出す代わりに、芝居の掛りの幾許《いくばく》かを薬屋に出させる。大見世の楼主はそのあたり、きっと抜け目がないはずだ。

「袖の梅といやぁ、近ごろ龍気《りゅうき》なんとかいう薬はとんと見なくなっちまったな」

背後からそんな声が上がり、振り返ってみると行商人風の男が首を傾げている。顔の皺《しわ》の中まで日に焼けて、髪には白いものが交じっていた。

「龍気養生丹《ようじようたん》かい？」

仲間でもなさそうな、頰《ほ》っ被《かぶ》りの男が首を伸ばして答える。こちらも同年輩のようである。

「そうそう、それだ」

「いつの話だよ。十年以上も前に流行《はや》った薬じゃないか。そのころから薬に頼っていたんじゃあ、今ごろはもう使いものにならねぇだろうよ」

「なんでぇ。てめぇだって薬の名がすぐ出てきたくせに、言ってやがらぁ」

話の流れからすると、龍気養生丹とは精力剤の一種だろう。周りにいた者がどっと笑い、頰っ被りの男は「俺ぁ、おつむのできが違うんだよ」と負け惜しみを言った。

江戸っ子の言い合いは、笑いを多く取ったほうが勝ちである。

「おい、あの髭《ひげ》の意休《いきゆう》は松葉屋の楼主か？」

「ははっ、ほんとだ担ぎ出されてやがらぁ」

舞台に目を戻すと、長い白髭を蓄えたお大尽が、鳩杖《はとづえ》をついて出てきたところだった。意休は花魁揚巻を挟む、助六の恋敵である。顔中に厳《いか》つい化粧を施された楼主は、おおいに見物の笑いを誘った。

「慮外ながら三浦屋の揚巻でござんす。男を立てる助六が深間《ふかま》、鬼の女房にゃ鬼神がなると、今からがこの揚巻が悪態の初音《はつね》」

さて新造揚巻、楼主の意休に情夫である助六を腐されて、仕掛けを脱ぎ捨て悪態をつく。清掻の合い方に乗せての名台詞がはじまり、まさに揚巻の見せ場である。

「あの新造、度胸が据わってるなぁ」

「ああ、それに声がいい。どれ、突き出しが済んだら揚げてみるか」

「なに言ってんだい、松葉屋に上がる金なぞねぇくせに」

振袖新造は、禿の中から器量良しだけが選ばれる、いわば花魁見習いである。姉女郎である花魁の名代《みょうだい》を務めはするが、客はまだ取らない。新造がはじめて客を取り、一人前の遊女になるのが突き出しで、あの揚巻役はおそらくそれが近いのだろう。その前に顔を売っておこうという、松葉屋の楼主の胸算用が透けて見えた。

「するってぇと、助六は誰が務めんだ」

「あの新造の姉女郎は？」

「たしか滝川《たきかわ》だったような」

「しかし、呼び出し昼三《ちゆうさん》がこんなところに出てくるかね」

客は真打ちの登場を待ちかねて、誰が出るかと噂する。滝川とはどこかで聞いた名だ。記憶を探り、只次郎は「ああ」と小さく呟いた。

いつだったか新川の酒問屋、升川屋の主《あるじ》喜兵衛に起請文《きしようもん》を送りつけてきた遊女である。年季が明けたら夫婦になりましょうという、上得意にならば誰にでも渡している代物だが、ご新造《しんぞ》のお志乃がそれを見つけて悋気《りんき》を起こしたからさぁ大変。お妙を巻き込んでの騒ぎになってしまったことがあった。

あんなことが何度もあっては敵《かな》わぬと、升川屋はきっぱり廓《くるわ》通いをやめている。滝川とのよしみも切れたはずだが、どんな女だろうと好奇の虫が頭をもたげた。

やがて芸者衆の語る河東節《かとうぶし》を合図に助六が、半ばすぼめた傘に身を隠して現れた。観衆のどよめきが波のようにうねるが、正体はまだ分からない。「早く顔を見せやがれ！」というならず者の声にも構わず、焦《じ》らしてくる。

「思い染めたる五つ所、紋日《もんび》待ち日のよすがさえ」と芸者が唄《うた》い、その「思い染めたる」のところでようやく、助六の手にした傘がパッと開いた。

「やっぱり滝川だ！」

「すげぇ。うちの嬶《かかあ》と同じ女とは思えねぇ」

「ナンマンダブ、ナンマンダブ。拝んじまうほどのありがたさだねぇ」

紫の鉢巻きを締めた助六は、顔の造作を見せるためか隈取《くまど》りをしていない。その代わり真っ赤な紅を刷《は》いており、客に向かってニヤリと笑うと、傘を持ってくるりと舞った。

男も女も見る者は、滝川の助六に目を奪われ沸き返る。只次郎とて例外ではなく、なんと華のある女だろうと驚いた。座敷に飾られた大輪の牡丹《ぼたん》のように、そこに在るだけで周りの景色まで変えてしまうほどの艶《あで》やかさだ。

升川屋は、あんな女を敵娼《あいかた》にしていたのか。

呼び出し昼三は今の吉原では最高位の遊女である。揚げ代はその名のとおり金三分、新造つきで一両一分。実際には酒や料理や芸者の掛り、祝儀まではずむとその何倍にもなる。

そんな遊びができる旗本など、いったい幾人いるだろう。しかも一度や二度ではない。升川屋は起請文を送りつけられるほどの上客だったのである。

いつも親しく接してはいるが、あらためて升川屋やその他の旦那《だんな》衆の財力を思い、只次郎は気が遠くなりかけた。

「いやはや、恐ろしいほど美しい女であったな」

吉原からの帰り道、日本堤《にほんづつみ》の途中で目についた居酒屋に落ち着いて、大山はさっそく酒を頼んだ。本当は只次郎を連れて昼見世に上がるつもりだったというが、この世の者とは思えぬ滝川の美しさにあてられて、小見世の女を抱くのが馬鹿らしくなったらしい。

「まったく、やる気をなくす」と笑い飛ばし、運ばれてきたちろりを取って二つの盃《さかずき》に酒を満たす。大山の、目下の者に「酒を注《つ》げ」と威張らぬところは好もしい。

只次郎は「かたじけない」と礼を述べ、盃を一つ手に取った。こちらは昼見世に上がる気などまるでなく、大山が思い直してくれてなによりである。

薄《すすき》の穂を思わせる白髪頭の親爺《おやじ》が、続けて芋の煮ころばしを運んできた。お妙の作るものとは違い、醤油《しょうゆ》っ辛《から》いばかりで旨《うま》くない。それでも場所がよいせいで、客には困らないようだ。痺れた舌を癒すために、酒が無駄に進んでしまう。

大山は立て続けに盃を干し、とろりとした目をこちらに向けてきた。

「元気そうだな、森」

「はぁ」

沖津の屋敷で再会してから、すでに二刻《ふたとき》（四時間）は経《た》っている。今さらなにを言うのかと、拍子抜けして吐息が洩《も》れた。

「あの、もしや沖津殿からなにも聞いてはおられませんので？」

大山はこれまで陽気に喋《しゃべ》り続けていたが、重蔵の話題はかすりもしなかった。辛抱強くそのときを待っていた只次郎は、もしや大山はなにも知らず、久しぶりに会った自分をただ連れ回していただけなのではと思い至った。

「案ずるな、聞いておる。草間とかいう、身の丈七尺（約二・一メートル）を超える大男のことだろう」

「いえ、そこまで大きくは」

話が伝わっていたのはなによりだが、いささか大げさになっている。戸惑う只次郎に大山は、「冗談だ」と笑いかけた。この男の冗談は、本気と区別がつきにくい。

「うちの客に『黒狗組』の古株というのがいてな。そやつが草間某《なにがし》とつるんだことがあるらしいが、それがよく分からんのだ」

耳目を憚り「うちの客」とぼやかしたが、つまりは賭場の客であろう。重蔵が偽名を使っていなかったことに、只次郎はひとまず安堵《あんど》した。

「よく分からんとは？」

「うむ。そのころはまだ『黒狗組』という名もなく、世をすねた二、三男同士でよく飲んでいたが、なにせ皆若いからな。今が乱世なら存分に暴れ回って一番槍《やり》をつけてやるのにと、益体《やくたい》もないことを居酒屋で言い合っていた。そこへ声をかけてきたのが、草間と名乗る浪人者だったという」

「いつの話です、それは」

「五年ほど前と言っていたな」

只次郎は思わず奥歯を噛みしめた。重蔵は、上野国《こうずけのくに》から流れてきてまだ日が浅いようなことを言ってはいなかったか。これが五年前の話なら、重蔵が嘘をついているか、この草間某がまったくの別人かのどちらかである。

「それで、浪人者はなんと言ってきたのです」

どちらにせよ、ひとまず話を進めよう。先を促すと、大山は旨くない煮ころばしを頬張って、ちょっと待てと手で示した。口の中がいっぱいで喋れないのだ。焦れる只次郎をよそにゆっくりと咀嚼《そしやく》し、酒で流し込んでから、ようやく続きを話しはじめた。

「そんなにひと暴れしたいのなら、世直しに加担せぬか。私腹を肥やす商人ども、米屋、搗米屋《つきごめや》の類《たぐい》に灸《きゆう》を据えてやろう。まさしく田沼山城守《たぬまやましろのかみ》を誅《ちゆう》した佐野善左衛門《さのぜんざえもん》のようにな。と、誘われたそうだ」

田沼山城守は先の老中《ろうじゆう》田沼主殿頭《とのものかみ》の嫡男で、若年寄《わかどしより》の地位に在った天明《てんめい》四年（一七八四)、千代田城内にて佐野善左衛門に切りつけられ落命している。

その後佐野には切腹が命じられ自ら果てたが、折から米価の高騰に喘《あえ》いでいた民衆は、それを機に値が下がったのを見て、佐野を「世直し大明神」と讃えた。その墓に香華《こうげ》が絶えなかったのは、田沼の賄賂《まいない》政治の風評が庶民にも行き渡っていたがゆえだろう。

「米屋に搗米屋とは、もしや」

「ああ、打ち壊しだ」

只次郎は己の手にしている盃が、空になっているのにも気づかなかった。大山が頷きながら酒を注ぎ足す。いくら飲んでも酔わぬ気がした。

ご公儀のお膝元《ひざもと》である江戸の町で派手な打ち壊しが起こったのは五年前、天明七年(一七八七)五月のことである。世直し大明神の功徳も一時のもので米の値はまた上がっており、国中が不作だったのもあってそのころには、米価はますます高騰していた。

そんな中米屋や一部の商人たちが、さらなる高値を期待して米を買い漁《あさ》り、しかも売り惜しんだため、かつては百文で一升一合だった米が五月初旬には百文で四合半、月半ばに入るとついに三合となり、民衆の不満が爆発したのだ。

只次郎は当時十七歳。鳶口《とびぐち》や鋤鍬《すきくわ》を手にした民草が半鐘、拍子木を打ち鳴らしながら米屋の塀や壁を壊し、道具類をぶちまけていたのをよく覚えている。騒動は江戸全域に広まり、終息までに五日以上も要したものだ。

「それに武家の二、三男が加担したというのですか？」

大山が「よく分からん」と言ったわけが、只次郎にも摑めてきた。米の売値が上がったところで、俸禄《ほうろく》を米で受け取る武家には痛くも痒《かゆ》くもない。むしろ札差を介して余剰分を売る場合、米の値が高いほうが得である。ゆえに武家は庶民のように、困窮《こんきゅう》してはいなかった。

「加担どころか、草間某とそやつらが口火を切ったらしいぞ。町人拵《こしらえ》で赤坂《あかさか》の米屋と搗米屋を、三十軒ほど打ち壊した。それを見ていた町人どもが我も我もと得物を手に集まって、あれほどの騒ぎとなったのだ」

「藁屑《わらくず》の山に火種を近づけるがごとしですね」

「ああ。しかも藁屑が燃え上がるのを見て、もうよかろうと手を引いた」

打ち壊しは過熱してくると、見物人もいつの間にか騒動に参加している。騒ぎが大きくなるにつれ参加者の品位が落ち、米や金品などの盗みが横行したが、はじめのうちはなにも盗《と》らず、浅草蔵前《くらまえ》などには賄賂政治を批判する幟《のぼり》がはためいていた。そのまとまりも町人に扮した武士が指揮を執《と》っていたのなら、どことなく頷ける。

「そやつが草間某とつるんだのは、それが最初で最後だという。だが徒党を組むのに味をしめたか、その後『黒狗組』を名乗るようになった。俺が知り得たのはそんなところだ」

きりのいいところで大山は空になったちろりを振って、店の親爺を呼び寄せた。酒の追加を頼み、「次は水で薄めぬように」と笑いかける。いくら飲んでも酔えそうになかったのは、そういうからくりだ。

親爺は「なんのことでございやしょう」と惚《とぼ》けながらも、周りに触れ回られては困るため、次の酒は薄めてこなかった。大山一派以外の「黒狗組」ならば、「酒が薄いではないか」「馬鹿にしておるのか！」と騒ぎ立てたに違いない。

「失礼ながら今の『黒狗組』には、世直しの気風は見られませんが」

「そうだな。己の不満を立場の弱い者にぶつけたがる輩《やから》ばかりよ。打ち壊しとて大義などなく、存分に暴れ回りたかったというのが本音だろう。そんな奴らに一応の大義を与えて動かしたのだから、先導者はよほど優れていたと見える」

只次郎も、大山と同じことを考えていた。民衆を苦しめる悪徳商人を懲《こ》らしめようと誘っても、武家には関《かか》わりのないことである。だがそこに一部の役人ばかりが甘い汁を吸う、賄賂政治を絡めてきたのは上手《うま》かった。賄賂などとは縁のない貧乏旗本の、日の目を見ない二、三男にとっては米屋が仇敵《きゅうてき》にも思えたことだろう。

「先導者、つまり草間某ですね」

頭の中に、『ぜんや』の片隅で黙々と根付《ねつけ》を彫る重蔵を思い浮かべる。どちらかといえば寡黙なあの男に、弁舌で人を動かすことなどできようか。只次郎の目には、それほどの器量があるようには見えない。

やはり、同名なだけの別人か。

謎《なぞ》の浪人の正体を測《はか》りかね、只次郎はようやく酔いの兆しが表れだした額を押さえた。

三

目をつぶれば瞼《まぶた》の裏に、ちりちりと火花のようなものが散っている。やがてそれは膨張し、日本堤の斜面に群れ咲いていた赤い曼珠沙華《まんじゆしやげ》の形を取った。

燃え上がる炎のようなその花は、歳《とし》若くして儚《はかな》く散った数多《あまた》の遊女たちの情念を思わせ、空恐ろしくすらあった。夜でも明るい吉原は、それだけ闇《やみ》も深いもの。昨年馴染みの女を亡くしたせいか、不吉に揺れる曼珠沙華が、瞼に焼きつけられてしまったようだ。

林家の離れの縁側に腰掛けて、只次郎は熱い番茶に梅干しを潰《つぶ》し入れたものを啜《すす》る。頭蓋《ずがい》に鑿《のみ》を入れられるがごとき痛みはどうにか治まったが、胃の腑《ふ》がむかつき、朝飯はとても食べられそうにない。

昨日はいささか、飲みすぎた。調べ物をしてやったのだから、丸一日つき合えと大山に引き回されて、居酒屋を五軒も梯子《はしご》した。四軒目で限度を感じたが、「四では縁起が悪い」と言われてもう一軒行く羽目になった。

宵五つ半（午後九時）を過ぎてどうにか千鳥足で帰宅し、寝て起きてみれば見事な二日酔い。朝稽古《あさげいこ》をしようと庭に出てきた兄重正には、「火急の折にすぐ城へと馳《は》せ参じねばならぬ武士が、床から起き上がれぬほど酒を過ごすとは嘆かわしい！」と痛《つう》罵《ば》された。

それでも後から妻のお葉に命じ、梅干しを届けさせてくれたのだから、重正も以前よりは柔軟になっている。朝稽古と学問を通じて話をする機会が増え、少しは心の距離が縮まったのだろうか。

とはいえ、飲みすぎたのが悪いのはたしかである。

梅干し風味の番茶が旨《うま》く、只次郎は湯呑《ゆの》みにもう一杯注いだ。そういえば兄とは二人で酒を酌み交わしたことがない。来月の学問吟味が終わったら、ひとつ誘ってみようか。もっとも今の心境としては、酒など当分見たくもないが。

鶯のチチという笹鳴《ささな》きの声を背中に聞き、只次郎は輪になって降り注ぐ陽射しに目を細める。すっかり遅くなってしまったが、いいかげんすり餌《え》を作ってやらねば。生き物を飼っていると、いつまでもだらけてはいられない。

「よし」と気合を入れて立ち上がる。頭はまだふらつくが、鶯の世話くらいはできそうだ。

室内に戻り、擂鉢《すりばち》などの道具を準備する。すると開け放したままの縁側から、「只次郎様」と呼ばう声がした。

外に控えていたのは林家の下男、亀吉である。用向きは尋ねずとも、亀吉の背後を見れば分かった。

「よう、久しぶりだな」

軽薄そうに手を上げたのは、兄嫁であるお葉の父、吟味方《ぎんみかた》与力の柳井《やない》殿である。以前もこんなことがあったと思い返し、只次郎は「また裏口から入ったんですか」と顔をしかめた。

お栄の取りなしのおかげで、折り合いの悪かったお葉とは歩み寄れたはずである。それでもまだこそこそと忍んでくるあたり、長年の確執の尾を見た気がした。もっともそれは、只次郎と重正の兄弟にも言えることではあるが。

「まぁそう言うな。手ぶらじゃ悪いと思って、一応手土産《てみやげ》もあるんだからよ」

柳井殿はくだけた口調でそう言って、手に提げていた徳利《とつくり》を目の高さに持ち上げる。栓をした口から酒のにおいが洩れてきて、只次郎は思わず口元を押さえた。


「なんだよ、飲まねぇのかよ」

離れに上がり込んだ柳井殿は、舐《な》め味噌《みそ》を肴《さかな》に手酌で酒を飲んでいる。酒など当分見たくもないと思ったばかりなのに、なぜあちらからやって来るのか。においを嗅《か》いだだけで胸が悪くなりそうで、只次郎は風上に陣取り黙々と鶯のすり餌を作る。

実はすり餌の材料である鮒粉《ふなこ》でさえも、今の只次郎にはにおいがきつい。口の中にはいくら飲み下してもぬるい唾《つば》が溜《た》まり、額に冷や汗が滲んでくる。

柳井殿は非番だそうだが、まだ朝五つ半（午前九時）というところ。よくもまぁ朝のうちから人の家で、盃を傾けられるものである。真面目《まじめ》なお葉には見せられぬと、只次郎は縁側の障子をそっと閉めた。

「少し飲むとすっきりするぞ。ほれ、迎え酒だ」

そのような二日酔いの治しかたは、伝法《でんぼう》者のすることだ。柳井殿の勧めを聞き流し、只次郎は猪口《ちょこ》に盛ったすり餌を鶯たちの籠《かご》の中に入れてやる。申し訳ないことに、皆腹を空《す》かせていたのだろう。止まり木の上をぴょんぴょん跳ねて、一心に餌《えさ》をついばみはじめた。

餌作りを終えると、少しばかり胸が楽になった。ぬるくなった番茶を啜り、「酒は本当に勘弁してください」と首を振る。柳井殿は面白くもなさそうに鼻を鳴らした。

「まったく人に頼みごとをしておいて、愛想のない奴《やつ》だ」

「ああ、その件でしたか」

只次郎は思わず膝を詰め、そのついでに息も詰めた。柳井殿にはお妙の亡き良人《おっと》、善助の検視の記録を調べてもらえないかと頼んであったのだ。

お勝が言うに、お妙は今ごろになって善助が何者であったのかを気にしているとい
う。なんでも火事でふた親を亡くしたときに、善助が駆けつけたのが早すぎたとか。まるで災難を予見していたかのようだと、お勝に相談をもちかけてきたのである。

「たまたまだと思うんだけどねぇ。我が弟ながら影が薄くって、これといった取り柄のない子だったよ」

実の姉の評価というのは、まったくもって手厳しい。只次郎は生前の善助を知らないからなんとも言えないが、神田川《かんだがわ》で水死したというのなら、奉行所に記録が残っているのではないかと思いついた。

江戸で変死体が出れば、町奉行所から同心が出張ってきて検視をすることになっている。吟味方与力の柳井殿ならば、その記録を好きに閲覧《えつらん》することもできよう。

人の生きざまは、死にざまにも表れる。死に際して潔さが求められる武家の生まれゆえにそう感じるのかもしれないが、ともあれ柳井殿に当たってみることにした。

「お主のその現金なところ、どうかと思うぞ」

只次郎の変わり身に柳井殿は鼻白《はなじろ》んだ様子を見せたが、「でもまぁ、目のつけどころは悪くなかったかもな」と意味深長な発言をした。

「と、言いますと?」

胸のむかつきも忘れ、只次郎は先を促す。柳井殿は盃をちろりと舐めてから、長々と講釈をはじめた。

「どう言やいいかな。まず『無冤録述《むえんろくじゅつ》』という書物がある。『冤』とは濡《ぬ》れ衣《ぎぬ》のことで、いわば検視の手引書だ。たとえば焼死、凍死、絞殺と、項目ごとに遺体の検分のしかたを記してるってわけだ」

検視にそのような手引書があることなど、只次郎は知らなかった。柳井殿は酒で滑らかになった舌で先を続ける。

「そして水に落ちて死んだ場合は、肌の色白く、口は開き目は閉じて、腹は膨れ上がり、爪《つめ》の中に砂や泥が入っているとある。また水に入って長くもがいて死んだ者は、顔色赤く、口や鼻の中に泥水の泡があり、腹も膨れる。それを踏まえて聞いてくれ。お妙さんのご亭主は、水に落ちた翌朝に見つかって、その顔は赤かった」

「では、もがき苦しんで亡くなったのですね」

あまりの痛ましさに、只次郎は眉をひそめる。一方人の死に慣れている柳井殿は、平然と頷いた。

「ああ。だが川に落ちてもがき苦しんだのなら、爪の中に砂泥が溜まってるはずだろ」

検視とは縁のない只次郎でも、手足をばたつかせればそうなることは想像がつく。口の中にまた嫌な唾が溜まってきて、喉《のど》を鳴らして飲み下した。

「ところがご亭主の爪は、居酒屋をしていただけあって綺麗《きれい》なものだった」

瞬きをした瞼の裏に、曼珠沙華の赤が散る。只次郎は昨日吉原の大門を出る際に、職人風の男が呼び止められたのを思い出していた。

素人女も出入りできる俄の時期とて、大門脇《わき》に設けられた会所では、見張り役の四《し》郎兵衛《ろべえ》が特に目を光らせていた。このどさくさに、遊女に足抜けされては敵《かな》わない。その気概は分かるが、只次郎たちの前にいた頰っ被りの男が呼び止められたのには驚いた。

その理由は、雪駄《せった》を履いた素足が白すぎるというものだった。頰っ被りの手拭《てぬぐ》いを取れば男なのはすぐ知れたが、見張り役というのはそういうところを見ているのだ。手や足の先というのは存外に、その人の生活が出る。

善助はおそらく酒食を扱う者として、手指は清潔にしていたのだろう。爪の垢《あか》すら溜まらぬよう、気をつけていたに違いない。

柳井殿は盃を干し、誤って毒でも飲んだかのように顔をしかめた。

「つまり記録を読むかぎり、事故で片づけるのは無理がある。それでも検視に当たった同心は、誤って川に落ちたと判断した。もしかしたらの話だが、何者かに鼻薬を嗅がされたのかもしれねぇな」

「では、善助さんは――」

顔から血の気が引いてゆく。唇が震え、それから先がどうしても言えない。只次郎は頭を振り、質問を変えた。

「検視をした同心に、話を聞くことはできないんですか」

「聞けるものなら聞いてるさ。だがそいつは今年のはじめに死んじまってる。祝い餅《もち》を喉に詰まらせてな」

一端《いっぱし》の同心が、なんと情けない死にざまだ。落胆が顔に出たのか、柳井殿が盃に酒を満たして差し出してきた。

「な、飲まずにゃいられねぇだろ」

町奉行所の与力、同心が役得を受けるのは世の常で、おそらく柳井殿もたんまりと袖の下を受け取っている。だからといって魂までは売り渡さず、黒を白にはせぬはずだ。思わぬところに下役の不正の跡を見つけ、遣りきれなさを紛らわしに来たのだろう。

「迎え酒、いただきます」

只次郎は盃を取り、息を止めてぐっと飲んだ。一瞬胃がひっくり返りそうになったが、酒気がじわじわと染み渡るにつれ、麻痺《まひ》したようになってゆく。迎え酒というのはようするに、ただのごまかしなのだ。

それでも強張《こわば》っていた頬が弛《ゆる》み、只次郎は腹の底から息を吐く。

「どうする。またお妙さんにはなんにも言わねぇつもりか？」

駄染め屋が捕まったときは、お妙の心情を慮《おもんぱか》って下手な嘘をつき、大いに不興を買ってしまった。同じ過ちを繰り返したくはないが、只次郎は少し考え、首肯《しゅこう》する。

「ええ、事が事ですから。裏が取れぬうちは話せないでしょう」

「裏つってもなぁ」

柳井殿が弱ったように顎を撫でる。三年近くも前の出来事で、善助の遺体は土に還《かえ》っているだろうし、検視の同心も死んでいる。どこから手をつければいいのか、只次郎にも分からない。

「でも、言えないでしょう。善助さんは、実は殺されていたのかもしれないなんて」

爪に砂泥が詰まっていなかったということは、川で溺《おぼ》れたのではないかもしれぬ。たとえば風呂《ふろ》の湯に沈めて殺してから、遺体を捨てれば爪は綺麗なままだろう。とはいえ今のところはまだ、想像でしかないのである。

中庭から、お栄の笑い声が聞こえてきた。弟の乙松と、草相撲《くさずもう》でもしているらしい。大葉子《おおばこ》の茎を絡めて引っ張り、切れたほうが負けの遊びである。

「乙松は弱うござりまするなぁ」

弟では相手にならなかったらしく、お栄は「叔父上、叔父上!」と声を上げて只次郎を呼んだ。

ここにお爺々様《じじ》までいると知ったら、お栄はさぞかし喜ぶだろう。だが只次郎は障子越しに、「まだ頭が痛いんだ。すまないね」と叫び返す。

子供らの邪気のなさが、なぜかかえって辛《つら》かった。

四

柳井殿はそれから言葉少なに酒を飲み、昼前には帰って行った。ひとまずは、死んだ同心の周辺を探らせてみるという。そうやって、小さな手がかりをかき集めてゆくしかあるまい。只次郎もまた、善助が何者かに恨みを買っていなかったかを調べるつもりだ。

「さて！」

離れに一人残されしばらくは呆《ほう》けたようになっていたが、只次郎は両頬を挟むように叩き、己に活を入れる。そして諸肌《もろはだ》を脱ぐと井戸の水を頭から被って酒を抜き、湯漬けと漬け物で昼餉《ひるげ》を済ませた。

さらに兄の勉学に一刻（二時間）ほどつき合って、離れに戻り手紙をしたためてから家を出る。行き先は、もちろん神田花房町である。

善助の死にまつわる疑惑はまだ話をする段にきていないが、「黒狗組」の草間某については報告しておく必要があった。今はなにもかもが疑わしく思え、重蔵にも裏の顔があったのではと勘繰ってしまう。

心が不安に逸《はや》るのを察し、只次郎は落ち着けと下腹に力を込めた。こういうときにものを考えたところで、ろくな想像は働かぬ。いったん頭を空っぽにして、お妙の顔を見てこよう。

昼八つ半（午後三時）を過ぎたころ、只次郎は『ぜんや』にたどり着いた。

床几《しょうぎ》にはまだ昼餉の客が残っており、小上がりでは大伝馬町菱屋のご隠居が、一人盃を傾けている。手招きされて只次郎も、ご隠居の対面に腰を落ち着けた。

「おいでなさいまし」

お妙が前掛けで手を拭《ぬぐ》いつつ、いそいそと調理場から出てくる。その笑顔を見て、牡丹も曼珠沙華も吹き飛んだ。お妙はいわば、人里離れて楚々と咲く白百合《しらゆり》である。甘い芳香を振り撒《ま》きつつも、人に手折られることなく咲いている。

「おや、いつにも増して締まりのない顔だねぇ」と、横槍を入れてくるのはもちろんお勝だ。

「そうですか？　いつもこんなものでしょうよ」

ご隠居までが冗談めかし、笑いが起こったことに只次郎はほっとする。よかった、いつもの『ぜんや』である。おかげで「失礼な」と笑って返す余裕ができた。

「じゃ、酒をもう二合ほど」

只次郎が来たことで、ご隠居が酒を追加しようとする。昨日の昼から飲みっぱなしなのはさすがにまずい。今日のところは遠慮しておこうと思ったが、その前にご隠居の膝先に置かれた折敷《おしき》が目についた。

「これは、なにを召し上がっているんですか」

「夕顔《ゆうがお》の浅蜊《あさり》餡《あん》かけ、蓮根《れんこん》の白和《しらあ》え、そして芥子《からし》茄子《なす》です」

ご隠居の代わりに、淀《よど》みなく答えたのはお妙である。折敷の上の料理はどれも旨そうで、しかも酒に合いそうだ。只次郎は己の意思が折れる音を聞いた気がした。

「私にも同じものを。酒もお願いします」

お妙の料理を前にしては、少しの断酒もままならぬ。

「かしこまりました」とお妙が調理場に戻り、只次郎は勝手口のほうを盗み見る。なにが面白いのか重蔵は、今日も酒樽《さかだる》に腰掛けて一心に根付を彫っている。

そうして黙っていれば思慮深くも見えるが、只次郎は重蔵を、腕っ節だけと考えている。人に使われればいい働きをするが、先頭に立つ人物ではない。現に毎日作り続けている根付でさえ、常連客に売っているのはお妙である。販路を広げようとは思いつきもしない重蔵に、他者を焚《た》きつけることなどできそうになかった。

「あの、お勝さんこれを」

只次郎は傍らに立つお勝に、重蔵からは見えぬよう手紙を差し出す。「黒狗組」の草間某について、所見《しょけん》を交えず大山から聞いたままを書いた。それを元にお勝なりの判断を下してもらい、その意見を聞いてみたい。立場も年齢も性別も違えば、見えるものも違うはずだ。

「なんだいこりゃ、恋文かい?」

「違いますよ。そんなわけないでしょう」

「おやまぁ、ご挨拶《あいさつ》だね」

声を潜めつつも冗談を言い、お勝は手紙を懐に押し込んだ。ご隠居はまだなにも聞かされていないはずだが、なんらかの事情ありと見たのだろう。酒を啜って素知らぬふりをしてくれている。

「お待たせしました」

とそこへ、お妙が料理を運んできた。只次郎は、「待ってました」と手を叩《たた》く。考えてみれば昨日から、ろくなものを食べていない。さっそく箸《はし》を手に取った。

干瓢《かんぴょう》の材料にもなる夕顔は、見た目は冬瓜《とうがん》とよく似ている。だが煮ると冬瓜よりもとろりとして、ほろ苦さが後を引く。しかも浅蜊の風味が利いた餡をたっぷりと含んでおり、柔らかい果肉に歯を立てたとたん、じゅわっと出汁《だし》が滲み出た。

「んー！」

口の中に旨みの洪水が押し寄せて、只次郎は目を細める。やっと美味にありつけて、舌が喜んでいるのが分かる。

「はぁ、旨い」

嚙みしめるように呟くと、お妙にくすりと笑われた。

「蓮根の白和えも、しゃきしゃきとした食感に豆腐の衣がねっとり絡みついて、なんともまぁ」

銀杏《いちょう》切りの蓮根は、酢水でさっと茹《ゆ》でただけのようだ。白い蓮根を白い豆腐で和えた料理は、武骨な陶器によく映える。

そして芥子茄子は賽《さい》の目に切った茄子に塩を振って水気を絞り、芥子醬油で和えてある。鼻につんとくる芥子の塩梅《あんばい》が、きしきしと歯応《はごた》えのある茄子にちょうどいい。

「息も吐《つ》かずに食べますねぇ」

すっかり夢中で食べていた。ご隠居に感心され、只次郎は頬を赤らめる。

「すみません。旨いものに餓《う》えておりまして」

「なにも謝らなくても。いつも美味《おい》しそうに食べてくださって、感謝していますよ」

ただ食い意地が張っているだけの只次郎に、お妙は優しい。この笑顔を曇らせるようなことは、やはり告げたくないと思ってしまう。善助の検視の記録がどうか間違いであってくれと、心の中で神仏に手を合わせた。

「お妙さん、今日の魚はなんですか」

只次郎の食べっぷりを微笑《ほほえ》ましげに見て、ご隠居が先回りをして尋ねる。

「鯖《さば》の船場煮《せんばに》をご用意しております」

「船場煮！」

聞き慣れぬ料理の名に、只次郎は祈りも忘れて顔を上げた。

船場というのは大坂の、問屋街の地名だという。元々はそこの商家の奉公人に食べさせた料理だから、船場煮。ぶつ切りにした塩鯖と、短冊切りの大根を一緒に煮込んだものだという。

「簡単で安価ですが、美味しいんですよ」

いわば上方《かみがた》の味であろう。醤油を使わないのか煮汁は色がなく澄んでおり、表面には鯖の脂が隙間《すきま》なく浮いていた。

存分に脂の乗った、艶《つや》やかな秋鯖である。煮汁を吹き冷ましてひと口啜ると、ほのかな塩味と、意外にも爽《さわ》やかな鯖の風味が広がった。

「ああ、これは染みる。もっと生臭くて脂っこいかと思ったのに、上品な味ですね」

「味つけが塩だけというのも潔い。鯖の身がまたふっくらとして、噛みしめるごとに旨みが出ますよ」

舌鼓を打つ只次郎とご隠居を前にして、お妙は「でしょう」と得意げだ。元は上方の出であるから、懐かしい味を褒められるのは嬉《うれ》しいのだろう。

「お好みで少しだけお醤油を垂らしても美味しいですし、もしくはこちらを」

そう言って差し出してきた小皿には、櫛形《くしがた》に切った柚子《ゆず》が載っている。これをきゅっと搾《しぼ》り入れろというわけだ。そんなもの、どう考えても旨いに決まっている。

「はぁぁ。お代わりありますか？」

柑橘《かんきつ》の香りが鼻に抜け、重苦しかった頭がふわっと軽くなった。旨いものが癒すのはなにも、腹だけではない。

「ええ、たくさんあります」

「ではもう一杯」

「はい。ですが、少しお待ちください」

お妙は空になった椀《わん》を受け取ると、小鼻を軽くうごめかし、足早に調理場へ向かった。小上がりにも、ほのかに香ばしいにおいが漂ってくる。床几の客が、飯を頼んでいたのだろう。

だが飯が炊《た》けるにおいの中に、わずかに青臭いものが混じっている。なんだろうと鼻をひくひくさせていると、酒を注ぎにきたお勝が「銀杏飯《ぎんなんめし》だよ」と言うから俄然《がぜん》食べたくなった。

「お妙さん、こちらにも銀杏飯を！」

床几の客の給仕が終わるのを見計らい、声を上げる。

「ちょっとあんた、落ち着きなよ」

「まったくですねぇ。ですが私も銀杏飯を」

呆れるお勝に同意しつつも、ご隠居とて旨いものには負ける質だ。ただ炒《い》っただけでも酒の肴になる銀杏を、飯に炊き込んだと聞いては黙ってはいられない。

お代わりの船場煮を運んできて、お妙は堪《こら》えきれずに笑みを洩らす。

「銀杏、お好きなんですか」

「ええ、大鍋《おおなべ》一杯食べたいくらいです」

「あら、それはいけませんよ」

二杯目の汁に口をつけ、只次郎は首を傾げる。好物をめいっぱい食べることの、なにがいけないのか分からない。

「知らないのかい。昔から銀杏は、歳の数より食べちゃいけないって言うじゃないか」

「そうなんですか」

知らなかった。秋になると膳《ぜん》を彩る銀杏だが、そもそも大量に出てくるものではない。

「銀杏は、食べすぎると中毒を起こすんです。大人なら引きつりと嘔吐《おうと》で済むかもしれませんが、小さい子だと亡くなってしまうこともあるそうで」

「なんと、あんなに旨いものが」

身近なところに、それも秋の美味として親しんでいるものに、そんな毒が隠れているとは。林家にも幼子がいるのだから、重々気をつけねばなるまい。

「なにも銀杏だけではないですよ。たとえば夕顔も、苦みの強いものは毒です。浅蜊などの二枚貝も貝毒がありますし、茄子だって実の部分以外の葉や茎などには毒があるんです」

どれもこれも、さっきから旨い旨いと言って食べているものばかりだ。

只次郎は「そんなに?」と声を裏返らせた。

「植物も動物も、本当は食べられたいわけがありませんから、毒で身を守ろうとしているんです。鳥兜《とりかぶと》のような強いものから、たくさん食べなければ人の体には効かないものまで様々ですが」

考えてみれば、美しい花にも毒を持つものは多い。たしか鈴蘭《すずらん》や水仙、曼珠沙華にもあったはず。百合にもあるのだろうかと、只次郎はお妙の白い顔を横目に見る。

「さすが、詳しいですね。普段口にしているものにも、毒が含まれてるなんて思やしませんよ」

「たいていのものは、そこの若侍みたいに意地汚く食おうとしなけりゃ平気なんだけどねぇ」

お妙の知識にさすがのご隠居も舌を巻く。そしていつものことながら、ひとこと多いお勝である。

「その毒を逆手に取ったのが、生薬ですからね。鳥兜まで薬にしてしまうんですから、先人の知恵というのは素晴らしいです」

「ああ、そうか。お妙さんは医者の娘だから、そのあたりは詳しいんだね」

「それほどでもありません。父が配合していた丸薬を、見よう見まねで作ってひどく怒られたりもしました」

少しでも配分を間違えると毒になりかねないのだから、それは怒られて当然だ。幼いころのお妙はずいぶん、向こう見ずであったらしい。

「龍気養生丹という薬で、あのころはよく売れていたみたいですが」

馴染みはないが、どうもどこかで聞いた名だ。只次郎は記憶をまさぐり、そうだ昨日の吉原だと思い至る。たしか十年以上も前に流行った、精力剤ではなかったか。

「なんですって、龍気養生丹？」

ご隠居が、急に調子外れな声を発した。かつてその薬の世話になったのだろうかと、只次郎は薄笑いを浮かべる。

それをだしにからかってやろうかとも思ったが、どうもご隠居の様子が変だ。目ん玉が零《こぼ》れそうなほど目を見開き、震える指でお妙を差す。

「するってぇと、その薬をお父上が作っておられたんで？」

「ええ、そうですが」

お妙もまた、ご隠居の驚きように戸惑っている。心許《こころもと》ない表情で、首を傾げた。

「それではもしや、亡き父上というのは、佐野秀晴《さのひではる》先生ですか」

「はい。でもなぜそれを？」

ご隠居の問いかけに、今度はお妙が驚く番だった。胸の前に手を重ね、目を真ん丸にしている。お妙は元々、苗字《みようじ》帯刀を許された医家の出だったのだろう。

「なぜって、よしみがあったからですよ。秀さんが江戸にお越しの際は、よくうちに泊まってくれました」

思いもよらぬ繋がりが分かり、只次郎とお勝まで驚愕《きようがく》の波にさらわれる。

「なんですって！」と、ご隠居に詰め寄ってしまった。

「若いころは長崎にいたとかで、ずいぶん博識な人でね。商家の差配にまで明るくて、あのころは夜通し話をしたもんですよ」

お妙は驚きのあまり声もない。その代わりにお勝が珍しく焦った様子で、小上がりに膝をつく。

「じゃあ、うちの善助のことも知ってんじゃないかい」

「はて、善助さんがなぜ？」

「この子の父親が作ってたなんとか丹ってのを、売り歩いてたのが弟なんだよ」

「ああ、あの行商の！」

只次郎は思わず、わっと歓声を上げてしまった。急な盛り上がりを見せた一角に、床几の客が訝しげな目を向ける。客の話にめったに関心を持たない重蔵も、さすがに顔を上げてこちらを見ていた。

「知ってるもなにも、よく秀さんとの連絡係を務めてくれましたよ。え、それが善助さんなんですか。お妙さんのご亭主の？」

放心したように動かない、お妙の目に涙が盛り上がる。亡き父と良人を知る人が、これほど身近なところにいたのだ。他者の記憶に残ることこそが、人の生きた証《あかし》である。

「ああ、こうしちゃいられない。ええっと、重蔵さん。すみませんが、本石町《ほんごくちょう》の俵屋までちょっと走ってもらえませんかね。お妙さんが、『微笑みの秀《ひで》さん』の娘だったって」

「なんと、俵屋さんまでご存じなんですか！」

「そうですよ。俵屋さんは龍気養生丹の配合を教えてほしいとせがんでました。駿河町の三河屋さんや、小舟町《こぶなちょう》の三文字屋《みもじや》さんだってつき合いがあったはずですよ。升川屋さんは、先代じゃなきゃ知らないか」

ということはお妙の父は、江戸の旦那衆の間でよく知られた人物だったのだ。まさかその娘とも思わず皆『ぜんや』に通っていたのだから、奇妙な縁と言わざるを得ない。

お妙の口元が笑み崩れると同時に、美しい瞳《ひとみ》から水晶の涙がこぼれ落ちる。愛《いと》おしさに胸が張り裂けそうで、只次郎は袴《はかま》の膝をぐっと握った。

黒い腹

一

秋の日は釣瓶《つるべ》落とし。日ごとに日脚が詰まってゆくのが感ぜられ、慌ただしい心地にさせられる。赤く染まった西の空に鴉《からす》の飛び去る様を見れば、いずこも同じ秋の夕暮れ。物寂しさを胸に抱え、人々は家路につく。

だが夜が長いぶん居酒屋の客はゆったりと構え、酒食が進むので悪いことばかりでもない。宵五つ（午後八時）をずいぶん回ってから最後の客を送り出し、お妙は店の戸締りを済ませた。

用心棒の草間重蔵も裏店《うらだな》に帰っており、給仕である義姉《あね》のお勝と二人。袖《そで》の襷《たすき》と前掛けを外し、顔を見合わせる。

「よし、やるか」とお勝が気合を入れ、お妙は行灯《あんどん》の火を手燭《てしょく》に移し、二階の内所《ないしょ》へと引っ込んだ。部屋の行灯に火を入れると、これといって装飾のない室内がぼんやりと浮かび上がる。

目につく調度といえば箪笥《たんす》に鏡台、それから文机《ふづくえ》程度のもの。幸い押し入れがあるので布団や化粧に使う角盥《つのだらい》、その他道具は仕舞っておける。お妙は押し入れの前に膝《ひざ》をつき、中から針箱を取り出した。

長月《ながつき》八日。少し前まで競うように鳴いていた虫の音も、晩秋とあってどこかか細く聞こえてくる。夜になると爪先が冷たく、お妙は裸足《はだし》に足袋を履いた。

手元が明るくなるよう行灯の障子を上げて、お勝の隣に寄り添う。互いに男物の小《こ》袖《そで》を手に持ち、縫い目の糸を抜いてゆく。

明日は九日、重陽《ちょうよう》の節句である。九月一日に袷《あわせ》にしたばかりの着物がこの日から綿入れになるため、一家の主婦は忙しい。昼から夜まで『ぜんや』に詰めているお勝に聞いてみると、やはり良人雷蔵《おっとらいぞう》の衣替えが間に合わぬという。そこで今夜は夜なべして、二人で片づけてしまおうということになった。

本当は、足袋を履くのも明日から。だが夜くらいはいいだろうと、お妙は足袋に覆われた親指をうごめかす。

「すまないね、手伝わしちまって」

「いいのよ。どうせ私は一人分だし」

小袖から抜いた糸は、捨てずにしごいてまとめておく。こうして糸が弱るまで、何度でも使うのだ。

ふと顔を上げると、お勝が寂しげに目を伏せていた。

善助亡き今、衣替えと言ってもさほどの手間はない。感傷を交えたつもりはないが、床を上げられぬほど悲しむお妙を見てきたお勝には、違うふうに聞こえたのだろう。

「でもあれだね、まさかご隠居さんたちが善助と面識があったなんて、どういうご縁だろうね」

縫い目を解《ほど》いたところから綿を入れ込み、お勝は声を励ました。

「ま、誰も善助の顔を思い出せなかったってのは、いかにもあの子らしいけどさ」

そう言ってくつくつと肩を揺らす。

人には見た瞬間から強烈に記憶に残る顔と、どうも印象のぼやける顔というのがあるが、善助は後者の最たるものだ。これといった特徴のない目、鼻、口が、これまた特徴のない輪郭の中に収まっており、しばらく会わずにいるとどういう顔だったか思い出せなくなってしまう。

「それじゃ大店の奉公人として出世は見込めないんで、秀さんが引き取ったと聞きましたよ」

大伝馬町菱屋のご隠居によると、善助がお妙の父の下で働いていたのにはそんな経《いき》緯《さつ》があったそうだ。

「拾ってもらった恩があるからって、善助さんは行商に精を出してました。江戸、大坂、長崎を行ったり来たりして、秀さんが江戸に来られないときは代わりに伝言を頼まれてくれてね」

善助のそういった一面は、お妙はおろかお勝も知らぬことだった。亡き良人は何者だったのかと不安を覚えもしたが、ご隠居たちの善助評は「真面目《まじめ》で律義な人」という、お妙の印象と寸分違《たが》わぬもので、やや拍子抜けがした。

では火災に遭《あ》ってから数日もせず、善助が迎えにきたのはなんだったのだろう。長崎にいたというのはお妙の記憶違いだったのか。幼いころのことでもあり、どんどん自信がなくなってゆく。

「あんたのお父《とっ》つぁんのことにしてもさ、よかったじゃないか。思い出話のできる相手がいてさ」

手だけを動かし押し黙っているお妙をどう思ったか、お勝が優しげに語りかけてきた。行灯に照らし出されるその顔は、いつもよりまろやかだ。

「そうね、まさか通り名までついているとは思わなかった」

「ああ『微笑《ほほえ》みの秀さん』だね」

この江戸には、亡き父母を知る者などいないはずだった。だが近ごろは菱屋のご隠居に俵屋、三河屋、三文字屋といった馴染《なじ》みの旦那《だんな》衆が、競うように父の話を聞かせてくれる。曰《いわ》く「微笑みの秀さん」という通り名がついたのは、恵比須《えびす》顔ながらその目の奥には常に油断ならぬ光が宿っており、妙な迫力があったからとのこと。

「言われてみれば、いつも笑顔だけど目だけは落ち着いてた覚えがあるわ」

父はいつだって優しかった。でも物事を見る目はたしかで、お妙が道理に反したことをすれば、なぜそれがいけないのかを説いて聞かせた。そんなときの微笑みは、かえって恐ろしかったものだ。

「あのころはまだ、株仲間《かぶなかま》のお許しは大坂のほうがずっと進んでいましたからね。その強みとご公儀の狙《ねら》いどころについて、とくと聴かせてもらったもんです」

そう語ったのは、太物《ふともの》問屋である菱屋のご隠居である。

先の老中《ろうじゅう》田沼主殿守様の旗振りにより、運上《うんじょう》、冥加《みょうが》金を納める代わり、問屋などの株仲間が公認されていったことは、お妙でも知っている。だがそうする必要があったのは、米を経済の大本とする東照大権現《とうしょうだいごんげん》様以来のやりかたでは、商業が盛んな今の世に合わなくなってきたせいだとは思いもしなかった。

「酔うとよく、『世の中はとっくに金が牛耳《ぎゅうじ》を執っとる。いつまでも金を不浄のモンと思い込んどるお武家さんがどうかしとるんや』と愚痴《ぐち》っていましたよ」

ご隠居が口ぶりを真似《まね》るくらいだから、父はよほど繰り返し同じことを言っていたのだろう。白粉《おしろい》問屋の三文字屋もその言を受け、鼻の脇のホクロをうごめかせた。

「私はまだ若造でしたからそこまで親しくはありませんでしたが、『いずれ商人の世が来るから、あんじょう気張りや』と励ましてもらったのを覚えてます」

すると味噌《みそ》問屋の三河屋も、「懐かしいねぇ」と相好《そうごう》を崩す。

「先の老中が側用人《そばようにん》になったばかりのころに、『国を富ますならこれからは金や！』と申し立てたってぇ噂《うわさ》もあるぜ」

その噂話はさすがに怪しいと思ったが、「秀さんならやりかねないね」と旦那衆が納得したから驚いた。

なんでも先の老中は、上下の別なく面会を願う者を断らなかったという。ゆえにその屋敷は常に、申し立てや取りなしを願う者で溢《あふ》れ返っていた。父秀晴も、そうやって主殿頭様に目通りを願ったのかもしれない。

「秀さんは食指《しょくし》の動くままに、どこにだって行く人でしたよ。小塚原《こづかっぱら》の刑場で腑《ふ》分《わ》けを見てきたって、目を輝かせてたこともありました」

当時を思い出してわずかに眉《まゆ》を寄せたのは、薬種問屋の俵屋だ。死人の臓腑《ぞうふ》などという気味の悪いものを見て喜んでいたのでは、さぞかし理解に苦しんだことだろう。

父は本草学《ほんぞうがく》を旨とする医者であったが、蘭学を齧《かじ》ったこともあり、動脈や神経といった蘭方らしき言葉を使っていた。でもまさか、腑分けの見物までしていたとは。おそらく長崎や江戸で、蘭学者ともよしみがあったのだろう。

それだけ飛び回っていたのなら、堺の家を空けることが多かったのも頷《うなず》ける。

だが家にいるときは近隣の病人をよく看、できるかぎりお妙に構ってくれた。お妙は父の膝に座り、自分ではまだ読めぬ書物を紐解《ひもと》いてもらうのが好きだった。母はそんな二人を見て、「妙の知りたがりはお父《と》はん似やね」と目を細めたものだ。

旦那衆の昔語りを聞いていると、在りし日の父母の思い出が蘇《よみがえ》り、嬉《うれ》し涙が湧《わ》いてくる。

俵屋が「龍気養生丹の配分だけは、どれだけ酔わしても貝のごとく口をつぐんで、明かしちゃくれなかったんです」と、まるで昨日のことのように悔しがるせいで、お妙は涙を流しながら大いに笑った。

「ちくしょう、こん中でお妙さんのお父っぁんを知らねぇのは俺だけかぁ」

疎外を感じ、口を尖《とが》らせたのは新川の酒問屋である升川屋だ。先代の跡を継いでまだ数年、知らぬのも道理である。

「面白そうなお方だ。会ってみたかったなぁ」と、惜しんでくれるのはありがたい。

「使いの方――、って今思えば善助さんですね。善助さんが来てくれて、秀さんが亡くなったとは聞いていたんですよ。でもまさか、火事だったとはねぇ」

ご隠居がしみじみと首を振り、場が急に湿っぽくなった。他の旦那衆の元にも、善助が足を運んでそう告げたという。江戸に伴ってきたお妙を姉のお勝に預け、行方《ゆくえ》の知れなかった一年の間、日本中に散らばる父の友人知己にその死を報《しら》せて回ったのだろう。

「でもこうして知らぬ間に、秀さんの忘れ形見と出会ってたんだ」

「ええ。なんだかお妙さんのことが、さらに近しく感じられますよ」

「我々じゃ頼りないかもしれませんが、いつだって力になりますからね」

三河屋、三文字屋、俵屋が、嬉しいことを言ってくれる。父はよほど好かれていたのだろう、その目には慈愛がこもっていた。

「もちろんアタシのことだってね、お父つぁんの代わりと思って頼ってください」

ご隠居が負けじと胸を叩《たた》くと、升川屋が「お父つぁん？　祖父《じい》さんじゃないのかね」と混ぜっ返し、お妙は泣きたいのか笑いたいのか、ますます分からなくなってしまった。

がってゆく。

灯芯《とうしん》の炎が油皿《あぶらざら》に触れ、ジジッと黒い煙が上がる。

夜も更けてきたらしい。両袖、衿《えり》、胴と偏りなく綿を詰め、解いた縫い目をまたか
「ちょいとお待ち」

お勝から待ったがかかったのは、ちょうど右の袖を縫い終えようとしていたときだ。

なにか不手際があったかと、お妙は首を傾《かし》げる。

「綿をさ、全部入れちまっちゃいけないいんじゃないのかい」

お勝が家から持ってきた綿は、小袖に詰めてしまってもう残っていない。

「あら、いけない」

着綿《きせわた》用に少し取っておこうと言っていたのに、作業に没頭するあまり忘れていた。

お妙は小袖の胴から軽く握れる程度に綿を抜き、減った分を均《なら》す。

重陽の節句は別名、菊の節句。ご隠居から、立派な菊の鉢植えが贈られてきた。なんでも重陽の前夜に菊の花を真綿で覆い、翌朝香りと夜露《よつゆ》のついたその綿で顔や体を拭《ぬぐ》えば寿命が延び、若返るとされているそうだ。

「忘れないうちに、被《かぶ》せてくるわね」

「ああ、そうしな。あんたももういい歳《とし》なんだから」

「ねえさんもするでしょ？」

「あたりまえさ。アタシャあんたの倍は拭《ふ》かなきゃいけないよ」

お勝の言い草に、お妙は笑いながら立ち上がる。いただき物の菊は、夜のうちは悪さをされないよう店の中に入れてあった。

せっかくだから、明日は食用菊を仕入れよう。

手燭を持って階段を下りながら、お妙は早くも明日の献立を頭の中で組み立てるのだった。

二

黄色い菊の花びらが一片、盃《さかずき》の酒に浮かんでいる。

それを花びらごと一気に飲み干すと、林只次郎は「ふぅ」と満足げに息を吐《つ》いた。

「なんともいいものですね、この菊酒というのは。寿命が延びる心地がするというか」

「なに言ってんです、そんな歳でもあるまいに」

小上がりの対面に座るご隠居が、「当てこすりですか」と顔をしかめる。二十歳そここの若造に年寄りめいたことを言われては、厭味《いやみ》のひとつも返したくなるものだ。

「若いといっても、いつなにがあるか分からないじゃないですか。むしろ商売で大成功して気ままな隠居暮らしを楽しんでるご隠居のほうが、思い残すことはないでしょうに」

「なに言ってんだいアタシはね、若いころうんと働いたぶん、まだまだ楽しみを尽くさないと死にきれませんよ」

菊には古くから、不老長寿の薬効があるとされてきた。菊酒も着綿も、そんな菊の力にあやかろうとして考え出されたものだろう。

「そのぶんだとご隠居は、菊に頼らなくたってまだ当分死にゃしないね」

料理を運んで行ったお勝が、ご隠居の壮健ぶりに舌を巻く。なんでも今日は朝から巣鴨《すがも》にまで足を延ばし、菊合わせを見てきたというではないか。

巣鴨や駒込《こまごめ》には植木屋が多くあり、菊の掛け合わせも進んでいる。花の形の大きなもの、八重咲きのもの、咲き始めから咲き終わりにかけて花の形が変わってゆくもの、様々に趣向を凝らした菊の、美しさを競うのだ。

昨日ご隠居にもらった菊も、薄桃色の花びらが渦を巻くように絡み合っている、珍しいものだった。鶯《うぐいす》だけでなく草花の造詣まで深めようとするあたり、実に余生を楽しんでいる。

「どうです、お勝さん。着綿はやってみましたか」

「もちろんさ。ほら、いつもより頰《ほお》がしっとりしてるだろ」

「見たところそうでもないので、おそらく気のせい――痛い！」

いつも通り只次郎が余計なひと言を挟み、指先で額を弾《はじ》かれている。お勝のあれはお妙も子供のころに受けたことがあり、しばらく言葉を失《な》くすほど痛いのを知っている。只次郎もまた、額を押さえ声もなくうつむいている。

お妙は笑いだしそうになるのをこらえ、床几《しょうぎ》に座る一見の客の膝先に折敷《おしき》を置く。皿の上に載っているのは、七厘《しちりん》で焼いて皮を剝《む》いた焼き茄子《なす》だ。生姜《しょうが》と葱《ねぎ》と鰹節《かつおぶし》を添え、冷やしておいた出汁《だし》をかけてある。

「トロトロでうまぁい！」

小上がりにも同じものが出ており、痛みから立ち直ったらしき只次郎の、感嘆の声が聞こえてきた。

九月の九のつく日、すなわち九日、十九日、二十九日は三九日《みくにち》と呼ばれ、この日に茄子を食べると中風《ちゅうぶう》を病まぬと伝えられている。実際にそんなことはないだろうが、夏のものより瑞々《みずみず》しく柔らかい秋茄子を食べる口実となっている。

「あら、菊ですか」

一見の客から一合四文の安酒を所望され、樽《たる》から汲《く》むついでに、菰《こも》を巻いたままの酒樽に腰掛ける重蔵の手元を覗《のぞ》き込む。丸く削られた木片に細かく花びらが彫り込まれており、相変わらず職人はだしである。

「ああ」と言葉少なに頷く重蔵は、まだ袷の着物を着ている。数日前に「仕立て直しましょうか」と申し出たが、「拙者にはまだ暑い」と断られてしまった。

九月の半ばくらいまでは、冷え症のお妙でも袷でいいと感じる日があるくらいだ。筋骨逞《きんこつたくま》しい重蔵はなおさらだろう。また時期を見て、仕立て直してやらねばと思う。

只次郎が調べてきたところによると、かつて「黒狗組」の前身となる若者たちを率いていた男に、草間某《なにがし》というのがいたらしい。重蔵本人なのかどうかは分からぬが、仮に本人だったにしても、しでかしたのは打ち壊し。決して褒められたことではなくとも、米価高騰にあえぐ衆民への義のようなものが窺《うかが》える。

事実あのころは『ぜんや』でも、客に出す米が買えず芋ばかり茹《ゆ》でていた。米の値が上がれば酒も上がる。安い居酒屋の屋台骨など脆《もろ》いもので、あのまま高値が続けば店を畳まねばならぬやもしれなかった。

ゆえに庶民の感覚としては、先の打ち壊しを非難する気にはなれない。むしろ草間某が「黒狗組」として詐欺《さぎ》や強請《ゆすり》に加担していなかったのなら上等と言える。お勝とも相談し、重蔵のことはもうしばらく傍《そば》に置いておくことにした。

只次郎はお勝からその決定を聞かされて、「得体が知れぬことに変わりはないんですけどね」と渋面を作ったそうだ。今もお妙と重蔵のやり取りを、横目に見て気に掛けている。だがそちらを見返すとついと目を逸《そ》らし、恥入るようにうつむくのだった。


「お妙さん、邪魔するぜ」

そんな掛け声と共に升川屋喜兵衛が店に入ってきたのは、床几の客が帰ってすぐ、昼八つ（午後二時）ごろのことだった。背後には大きな籠《かご》を持った手代が控えており、いつぞやの、鰹のことを思い出す。

「いやぁ、遅くなっちまった。うちも昨日から客の出入りが激しくて、なかなか家を空けられなくってよ」

升川屋ほどの大店となれば、節句の挨拶《あいさつ》に訪れる客は引きも切らずだろう。菱屋の楽隠居とは違って当主なのだから、無理をして来なくともよかったのにとお妙は首を傾げる。

「これ、お志乃から」

そう言って升川屋は、籠を覆っていた布巾《ふきん》を取った。中身はつやつやと褐色に輝く栗《くり》である。形が大きく、粒の揃《そろ》ったのがたんまり盛り上げられていた。

「まぁ、美味《おい》しそう。ありがとうございます」

重陽の節句には秋の収穫祭の意味合いもあり、栗の節句とも呼ばれている。ゆえに栗はこの日の贈答によく用いられた。お妙には日頃《ひごろ》世話になっているからと、升川屋のご新造《しんぞ》、お志乃が用意させたのだろう。

「早う持ってってくれんと、節句が終わってしまいますわ」と良人をせっつく、お志乃の様子が頭に描けた。升川屋もまた手代に持って行かせればいいところを、自ら出てくるのだから律義である。

「本当はお志乃も来たがったんだが、おっ母《か》さんの姿が見えねぇと千寿が泣きわめくもんでな」

「千寿さん、大きくなったんでしょうね」

「ああ、すごいぜ。もう這《は》い這《は》いをしてるんだが、足腰が強いのかどこまでも行けそうなくらい速いんだ」

「それは頼もしいですね」

升川屋とお志乃の息子である千寿とは、端午《たんご》の節句のときに会ったきりだ。あのころはまだ、産着に包《くる》まって眠っているだけだった。たった四月《よつき》では大人はなにも変わらないのに、子供の成長というのは凄《すさ》まじい。

「誰に似たんだろうねぇ。そのうち糸の切れた凧《たこ》みたいに飛んでっちまうんじゃないかい」

空になったちろりを下げてきたお勝が、升川屋を揶揄《やゆ》して遊ぶ。なんといってもこの男には、江戸でも屈指の下り酒問屋の子に生まれながら家業を継ぐのを嫌がって、蕎麦《そば》屋で修業をしていた過去がある。

「いやぁ、お恥ずかしい」

升川屋もふざけて首の後ろを掻《か》いているが、千寿がそんな不良息子になってはお志乃の食がまた細ってしまう。どうか真《ま》っ直《す》ぐに育ちますようにと、お妙は心の中で祈った。

「おお、いい栗ですね！」

旨《うま》いものに目聡《めざと》い只次郎が、小上がりから首を伸ばしている。まだ締めの飯の用意はしていないから、ちょうどいい。

「後で、栗ご飯にしましょうか」

「そりゃあいい！」と膝を打ったのは、持ってきた当人の升川屋だ。

「皮を剝くのが大変だろうから、手伝うぜ。お妙さん、包丁を貸してくんな」

威勢よく腕まくりをし、床几にどかりと腰を下ろしてしまった。

「そんな。お忙しいでしょうに」

「せっかく『ぜんや』に行くなら一杯飲みたいと思って、客の相手をひと通り片づけてきたんだ。ちびちび飲みながらやらせてもらうよ。ご隠居たちのそれは、なにを食ってんだい？」

「いとこ煮ですよ」

答えたのは只次郎だ。いとこ煮は小豆《あずき》と野菜の寄せ煮料理のこと。硬い具材からおいおい煮るので、甥《おい》と甥で従兄弟《いとこ》という洒落《しゃれ》である。

今日の具は秋の収穫祭らしく、小豆、牛蒡《ごぼう》、大根、人参《にんじん》、里芋、焼き栗、慈姑《くわい》に豆腐と盛り沢山だ。味つけは味噌。野菜から出る滋味が深いので、薄めに溶き入れてある。

「それを、俺にも一杯くんな。重蔵さんも、それだけ手先が器用なら栗くらい剝けんだろ。あと裏店の恰幅《かっぷく》のいい姉さんも、暇そうなら呼んできなよ。なんせ栗はたんまりあるんだ」

若いころに寄り道をしてきただけあって、升川屋は硬い栗の皮を難なく剝いてゆく。

おえんにまで声をかけてこいと言うのだから、つくづく賑《にぎ》やかなのが好きな男である。

「ああ、そういや近江屋さんも来るって言ってたぜ。うちに挨拶に来てくれたんで、後で『ぜんや』で一杯やりましょうって誘っといた」

近江屋は深川木場《ふかがわきば》の材木問屋。ルリオの雛《ひな》を譲ってくれと再三頼まれている只次郎が、「え、来るんですか」と眉を曇らせた。

三

「どうも御無沙汰《ごぶさた》しております。いやはや皆さん、お揃いでなにをしておいでで？」

升川屋が近江屋の名を出してから四半刻《しはんとき》（三十分）ほどで、当の本人が腰を低くしてやって来た。声の大きい男だ。顔中の皺《しわ》を畳んで笑顔を作り、ちまちまと手元を動かしている面々に問いかける。

「見りゃ分かんだろ、栗を剝いてんだよ！」

顔も上げずに声を荒らげたのはおえんである。

「アタシはね、こういった面倒な作業は嫌いなんだよ。ちくしょう、指の先が痛くなってきちまった」

「そう言わずに踏ん張れ、姉さん。剝いたぶんはいくらでも持って帰っていいからよ」

「栗を食いにこいと誘われて、まんまと釣られちまった自分が情けないよ」

泣き言を洩《も》らすおえんを励ましつつ、升川屋はするすると皮を剝いてゆく。

床几に升川屋、お勝、おえん、そして酒樽に重蔵が腰掛けて、ひたすら栗を剝いているのだから、そりゃあ「なにをしているのか」と問いたくもなる。お妙は銀杏《ぎんなん》のかき揚げを小上がりに運び、「おいでなさいませ」と近江屋を出迎えた。

「ええっと、では私も栗剝きに加わろうかな」

只次郎が、脱いでおいた草履にそろりと足を伸ばす。苦手な近江屋が来ると知っても居残っていたのは、おそらく栗ご飯のためだろう。

「もう包丁がないよ!」

だがお勝にあえなく断られ、貝のように足を引っ込めた。

「これはこれは、林様。雛の調子はいかがです?」

近江屋が揉《も》み手《で》で小上がりに近づいてゆく。誰にでも愛想のいい只次郎だが、頰がわずかに引きつっていた。それに気づかぬ近江屋でもなかろうに、構わず小上がりにずずいと上がる。

「ですから、秋鳴きの具合を見てみないとなんとも」

「来月には鳴くのですよね」

「はぁ、おそらくは」

「鳴いたら一番に知らせてくださいましね」

　恰幅のよすぎる腹が邪魔だろうに、近江屋は前のめりだ。ご隠居が「また始まった」と言いたげに溜《た》め息《いき》をつく。助け船を入れようと、お妙はそこへ口を挟んだ。

「近江屋さん、お酒とお料理はどうなさいます？」

「ああ、それなりに見繕《みつくろ》って出してください。酒は、上諸白《じょうもろはく》を皆さんにも二合ずつ」

「かしこまりました」

　この近江屋という男、見た目通りによく食べるが、料理については一切口にせずいつも別のことばかり喋《しゃべ》っている。たとえば只次郎なら「今日の料理はなんですか？」とわくわくした顔で聞き返してくるだろうに、あまり関心がなさそうだ。押しの強さもさることながら、近江屋のこういうところが只次郎には合わないのだろう。

　目の据わったご隠居が、苦言を呈す。

「ちょっと、聞きましたよ。あなた林様のお屋敷に、金子だの贈り物だの持って行かせてるらしいじゃないですか。そういうのはなしにしませんかね？」

「おや、おかしなことを。私はただお近づきの印にと思っているだけ。他意はございませんよ」

「ほほう、さすがは日光修繕の木材を任されるほどの近江屋さん。根回しに長《た》けてらっしゃると見える」

「いえいえ、菱屋さんほどでは」

ご隠居と近江屋が顔を合わすとどちらも老獪《ろうかい》な狸《たぬき》とあって、あてこすりの応酬《おうしゅう》となってしまう。二人の間に青い火花が散ったのを見た気がして、酒を運んでいたお妙は目をこすった。

近江屋はちろりを受け取ると、只次郎の盃に押しつけがましく酌をする。只次郎は「かたじけない」と恐縮した様子で、菊酒用に添えておいた食用菊の花びらを一片ちぎり、盃に浮かべた。

「そういや店の入り口に飾ってあった菊、あれは見事ですねぇ」

料理に関心はなさそうなのに、花には目を向けるらしい。近江屋に話を振られ、お妙は「ありがとうございます」と微笑んだ。

「ご隠居さんがくださった菊なんです」

「なるほど、どうりで。あれはなんて種類です？」

「ありゃ近ごろ出てきたばかりの、芸をする菊でね。咲きはじめは平べったいんだが、花が終わりに近づくとああして花びらが内側に芯を抱え込むように重なって、丸みを帯びるんですよ」

　さすが好事家同士と言うべきか。先ほどの火花はどこへやら、利害の絡まぬ事物の話となると、とたんに確執も忘れてのめり込む。贈った菊を褒められて、ご隠居もまんざらではなさそうだ。

「菊って毎年のように種類が増えますよね。今から始めるのでは遅いですか」

　只次郎までが、真剣な面持ちで話に加わった。鶯の鳴きつけで生計を立てていることの若侍も、しょせんは浮世離れしているのだ。

「なんです、菊にまで手を出そうってんですか」

　そんな暇があるならもっと鶯を研究しろと言わんばかりに、ご隠居が眼光を鋭くする。

「いえ、私のことではないんですが――」と、只次郎は尻窄《しりすぼ》まりに弁解をした。

　そんな問いかけに、勢いづいたのは近江屋だ。ただでさえ狭い小上がりで、ずずいと膝を前に進める。

「掛け合わせというのは、始めたばかりでたまたま面白いものができることもないとは言いきれませんが、難しいでしょうね。なんせ親同士の美点を何代にもわたって掛け合わせて新しいものを作ってゆくんですから。時のかかる、地道な作業ですよ」

「ああ、そうか。近江屋さんはメダカの掛け合わせをしているんですよね」

「ええ。かれこれ二十年も、コツコツとメダカ飼いをしております。うちにしかない種類もございますのでね、ぜひご覧に入れたいところですよ」

愛好するメダカに只次郎が興味を示したのが嬉しかったらしく、近江屋は相好を崩す。手酌で酒を注《つ》ぐと、だぶついた顎《あご》を反らして一気に飲み干した。

「そうですね、ぜひ」

只次郎がそう返したのは、世辞のつもりだったに違いない。だがそこは押しの強さで鳴らした近江屋だ。言質《げんち》を取ったとばかりに目尻の皺を深くした。

「それではさっそく持って来させましょう。ええっと、そこの用心棒さん。深川木場の近江屋まで、人を呼びに行っちゃくれませんかね」

「はっ?」

まさかそのような運びになるとは、思ってもいなかった。ぽかんと口を開けた只次郎のみならず、お妙も少なからず驚いた。

使いを頼まれた重蔵も、突然のことに頰を強張《こわば》らせている。

それでも近江屋はどこ吹く風。「家の者に『薄桃を持ってきてくれ』と言えば分かりますから」と続けて指図する。

「それならうちの手代に言いつけたほうが、戻ってくる手間がなくていい。まだそこらへんにいるだろうから、ちょいと追っかけてきますよ」

升川屋が包丁を置き、身軽に立ち上がる。ここから木場までは、早足で歩いても半《はん》刻《とき》（一時間）はかかる。新川に戻ろうとする手代を使ったほうが、たしかに無駄がない。

「いえ、あのまた今度で――」

「ああ升川屋さん、申し訳ない。お頼みします」

それには及ばぬと引き留めようとする只次郎の声を打ち消して、近江屋は升川屋の申し出を受け入れた。

「あ、そんな。ちょっと――」

引き止めても間に合わず、升川屋はもう走りだしている。その背中を見送って、

「あの人もなかなか落ち着かないねぇ」とお勝が首を振った。

重蔵はなにごともなかったように、栗剝きの作業に戻っていた。だがさっきまでこちら向きに座っていたのが、横向きに座り直している。近江屋のいるところからは、

後ろ姿しか見えないだろう。雇い主でもないのに使いっ走りをさせられそうになり、気分を害したものらしい。

近江屋はといえばたかだか浪人者の反感を買ったところで、痛くも痒《かゆ》くもない。上機嫌で「さ、ゆったり待ってましょう」と只次郎に酒を勧める。

「はぁ」気まずげなのは只次郎ばかり。歳若いわりにこの男も弁が立つほうだが、そもそも話を聞かぬ相手には通用しない。

ご隠居は口を挟むのも馬鹿らしいという顔で、椀《わん》に残っていたいとこ煮の汁を飲み干した。それから小上がりの脇に立っていたお妙を見上げ、メダカから思い至ったのか、こう尋ねてきた。

「そういやお妙さん、今日の魚はなんでしょう」

皮目がパリッと焼けた白身の魚を前にして、一同が唾《つば》を飲み下す。

食欲が嵩《こう》じたのではない、緊張を孕《はら》んだ唾である。

手代に用を言いつけて戻ってきた升川屋も、栗剝きを終えて小上がりで車座《くるまざ》になっていた。

「ふむ、太刀魚《たちうお》」

ご隠居が、魚の名を嚙《か》みしめるように呟《つぶや》いた。

白銀に光る、太刀のように細長い魚である。それを三枚に下ろしてぶつ切りにしたのを多めの油で揚げ焼きにし、同じくサッと焼いた葱と共に酢醬油《すじょうゆ》に漬け込んでおいた。小口切りの赤唐辛子が色を添え、我ながら美味しそうだとお妙は思う。

「はい、阿蘭陀膾《おらんだなます》にしてみました」

油で揚げておいた魚を酢漬けにする料理は、阿蘭陀船の乗組員から伝わったらしく、「カピタン（船長）漬け」とも呼ばれている。元は南蛮料理とはいえ、天麩羅《てんぷら》同様今では珍しくもない料理法だ。

ゆえに旦那衆が箸《はし》を取るのを躊躇《ためら》っている理由は、太刀魚そのものにある。

「本当に、毒はないんですよね？」

只次郎が、上目遣いに問いかけてきた。お妙の作るものは信用しているが、これまでの常識も捨てきれぬ、といった顔だ。

「そんなに気になるなら食ってみな。腹を壊すか苦しむかすりゃ、毒があったってことさ」

お勝がニヤリと笑いながら、煮え切らぬ只次郎に人柱になれと勧める。そんなことはしなくても、太刀魚に毒などない。

思い込みの激しさに、お妙は軽く息を吐いた。

「上方では、よく食べられている魚なのですが」

それが武士の多いこの江戸で、ちっとも人気がないのが不思議だった。なにせ武士の魂たる刀にそっくりで、しかも上品な白身の魚だ。公方《くぼう》様の御膳《ごぜん》に上るなどして、珍重されてもおかしくはない。

ところが日本橋《にほんばし》の魚屋では、あまり取り扱われないし、あっても売れ行きが悪い。なぜならこの魚は、腹に毒があるとまことしやかに囁《ささや》かれているからだ。

なぜそのような、根も葉もない嘘《うそ》が流布したのかは分からない。太刀魚は腹の中が真っ黒なので、包丁を入れて驚いた誰かが早合点《はやがてん》したのかもしれぬ。事実太刀魚の毒を除くには、「腹をよく洗い去るべし」と伝えられているそうだ。

だが腹が黒いといえば細魚《さより》も同じ。別名腹黒とも呼ばれているが、こちらは江戸っ子にも好んで食べられている。太刀魚ばかりが悪者になったわけは、やはり謎《なぞ》のままである。

「なんでこんな旨いものを食わずに睨《にら》めっこしてんのさ。いらないんならアタシが全部食っちまうよ」

太刀魚を食べたのがはじめてではないおえんが、きつね色を帯びた皮目にさくりと歯を立て、「美味しい〜」と頬の肉を持ち上げる。

それを見た只次郎が、ついに我慢できず箸を取った。

「なにこれ旨ぁ！」

恐る恐る前歯で齧り、目を見開く。どうやらお気に召したようで、ひと切れの残りを一気に口に含んでしまった。

「淡泊な白身ながら、なぜこんなに、脂が」

太刀魚を嚙みしめながら、「くぅ〜っ！」と唸《うな》って頭を振る。

そんなに旨そうに食べられては、旦那衆とて舌がうずかずにはおられまい。ご隠居と升川屋が、顔を見合わせながら太刀魚に箸を伸ばす。

「ほんとだ旨ぇ！」

「うむ、身が柔らかくて脂があるぶん、しっとりしてますね。変なクセがありませんから、これはなににしても旨いんじゃないですか」

はじめてのものを口にしたときの、反応が様々で面白い。ご隠居は齧り取った身の断面をしげしげと眺めている。

「ええ、塩焼きにしただけでも美味しいですよ」

「今度はそれを食わせてください」

さっきまで及び腰だったのに、毒の噂などもはや忘れたようである。

太刀魚を好む上方でも、べつに重陽に食べるものではないが、なにしろ五尺（約一・五メートル）にもなる細長い魚だ。不老長寿を願う節句にはお誂《あつら》え向きかと思っただけに、気に入ってもらえたのならよかった。

「いや、いいですよ阿蘭陀膾。ぴりりと辛い唐辛子がまた後を引きますね」

口に残る辛みを洗うように盃をあおり、只次郎が喜色を浮かべる。若さゆえ、油で揚げたもののほうが腹に溜まって嬉しいのだ。

先に食べた者が誰も苦しみださないのを見て、近江屋がようやく箸を手にした。旨いともなんとも言わないが、あっという間に己の皿を空にする。これは旨かったからと思っていいのだろう。

「いけない、また夕餉《ゆうげ》の前に食べちまったよ。こんな旨いものを出してくるなんて、お妙ちゃんは罪だねぇ」

皿の底に溜まった漬け汁まで飲んでおいて、おえんが不平を口にする。傍らに置いた小振りの笊《ざる》には、自分で剝いた栗がうずたかく盛られていた。

「栗の皮剝きが終わってもしつこく居残ってたくせに、よく言うよ」

「帰る帰る、もう帰るよ。お勝さんのいけず」

笊を引き寄せ、おえんは大きな胸乳を揺らし立ち上がる。肥えているのを気にしているわりに、抑制の利かぬ女である。

「あら、帰ってしまうんですか」

「ああ、帰るよ。これから栗ご飯を炊くんだろうけどね、アタシも自分ちで炊くから羨《うらや》ましくないもんね」

「その前に、ちょっとした箸休めを出そうと思っていたんですが」

くるりと背を向け勝手口に向かおうとしたおえんが、お妙のひと言でぴたりと動きを止めた。日頃客に関心を抱かぬ重蔵が、思わず手元から顔を上げるほどの見事な制止である。

その背中が、抑えた声で聞いてきた。

「箸休めって、なにさ？」

「重陽らしく、はじき葡萄《ぶどう》を」

「なにさ、それ」

「葡萄と大根下ろしと食用菊を、柚子《ゆず》の搾《しぼ》り汁と醬油で和《あ》えたものです」

笊を持っていないほうの手をぎゅっと握り、おえんは体を震わせる。身の内から湧き出る欲と戦っているようだが、やがて勝敗はついたらしく、涙目でこちらを振り返った。

「ごめんよ、お勝さん。やっぱりお妙ちゃんのほうがよっぽどいけずだ」

四

はじき葡萄という料理は、色味がいかにも爽《さわ》やかだ。皮を剝いた葡萄は玲瓏《れいろう》として、白く瑞々《みずみず》しい大根下ろし、鮮やかな菊花と相まって目を楽しませる。

葡萄は勝沼《かつぬま》から運ばれてきた甲州《こうしゅう》葡萄である。甘いだけでなく酸味と渋味の塩梅《あんばい》がよく、こういった和え物にも向いている。

口に含むと果肉が弾け、大根の辛み、菊花の苦みと絡み合い、舌に残った甘みは最後に柚子の香りがさらってゆく。

「ううん、美味しい。しょうがないよね、こんなの出すって言われたら帰れないよね」

ひと口ごとにおえんが身悶《みもだ》えし、己に言い訳をする。なんのかんの言って、食べているときが一番幸せそうだ。

「うん、これはいい。たしかに葡萄なんだが歯応《はごた》えが生の海老《えび》にも似て、意外と酒が合うんですね」

小上がりの旦那衆の評判も上々の様子。目を細めて食べていた只次郎が、ふいに首を傾げる。

「でもどうして『はじき葡萄』というんでしょう」

「おそらく、皮と種を除いた——つまり、弾いたという意味かと」

「そうなのかい。俺はまた、口の中で弾けるからかと思った」

「そちらのほうが美味しそうですから、そういうことにしておきましょう」

升川屋の思いつきを採用して、お妙はにっこりと微笑んだ。

「菊酒にはじき葡萄、これで二十年は寿命が延びましたね」

「いくつまで生きる気なんですか、ご隠居は」

酒気を孕《はら》んだ笑声が上がる小上がりから離れ、お妙は調理場の様子を見る。この人数分をまかなうために、栗ご飯は大きな土鍋《どなべ》で炊いていた。

蓋《ふた》の周りにふつふつと泡が吹き上がっているのを見て、七厘の下部の風口を閉める。こうして火の勢いを抑えておいて、まったく音がしなくなったら最後にもう一度強火で煽《あお》るのだ。

早くも蓋の穴から、ほっくりとした栗の香りが立ち昇ってくる。蒸気で鼻先を湿らせて、お妙はやけに満たされた心地になった。なんてことのない、飯が炊けるのを待つ間が好きだった。

そうだ、今のうちに胡麻塩《ごましお》を作っておこう。

お妙は立ち上がり、塩を滑らかにするため擂鉢《すりばち》を取り出す。するとそのとき入り口で、「ごめんくださいまし」と声が上がった。

伊勢縞《いせじま》のお仕着せを着た近江屋の手代は、瘦《や》せこけた貧相な体格ながら、笑顔の作りかたに腰の折りかた、あらゆる所作が主人と実によく似ていた。

おそらくそのように躾《しつ》けているのだろうが、数多《あまた》いる近江屋の奉公人が皆これでは、そうとう異様なのではないか。近江屋は手代を労《ねぎら》いもせず、「遅いですよ」と文句を言った。

これでも深川からできるかぎり急いで来たはずだ。手代は額に大粒の汗を浮かべている。手にはびいどろの金魚玉を提げており、どれだけ急いでも中の水をこぼさぬよう、慎重にならざるを得なかったろう。

「ぼやっとしてないで、それをこっちに持ってきなさい」

「へい、失礼いたしました」

なんと言われようと、手代は少しも作り笑顔を崩さない。腰を低くして小上がりに歩み寄って行った。

「それが例のメダカ？　見して見して」

「どれ、アタシも冥土《めいど》の土産に見ておこうかね」

お妙とて、珍しいものには興味がある。おえんとお勝に続いて小上がりに引き寄せられてゆき、けっきょく重蔵以外の全員が顔を寄せ合う羽目になった。

金魚玉というのはびいどろの風鈴を逆さにしたような形をしており、金魚売りから買った金魚を持ち帰る際に使うものだ。そのまま軒下に吊《つ》り下げて目を楽しませることもできる。だがそこはさすがの近江屋、ありふれた透明の金魚玉ではなく、側面には金彩《きんだみ》の波頭紋《なみがしらもん》が施されている。

その金の模様の向こう側に、メダカが二匹泳いでいた。「ほう」と真っ先に感嘆の声を上げたのはご隠居だ。

「さっき『薄桃』と呼んでいましたが、これはたしかに桜のような桃のような、艶《あで》やかな色合いですねぇ」

「それにほら、尾鰭《おびれ》がふわふわして天女の羽衣みたいじゃねぇか」

「顔つきはたしかにメダカだけど、いやぁ、綺麗《きれい》なもんだねぇ」

「なんでこんな色になるんだい。餌《えさ》かい？」

丹精込めたメダカを口々に褒められて、近江屋は得意げだ。手代と揃いの笑顔を並べ、「いえもう下手の横好きで」と一応謙遜《けんそん》をして見せる。

「餌ではなく、たまたま白っぽく生まれたものや、赤っぽく生まれたものを、こつこつと掛け合わせてこうなっておりましてね。特に薄桃は固定されづらく、この色が孫子の代まで受け継がれるとはかぎらないんですよ」

「薄桃同士でも駄目なんですか？」

近江屋の押しの強さに怯《ひる》んでいた只次郎も、実物を見せられては食いつかずにおられない。目を大きく見開いて、メダカの泳ぐ様に見入っている。

「受け継ぐこともあるんですが、必ずとは言えないんです。ですから三年前にはもうこの種類はできていましたけれど、外にはちっとも出していませんので」

新しい種類を世に流通させるには、その性質が先々にまで引き継がれるものでなければならない。その点でこの薄桃は、まだ仕上がってはいないそうだ。

「一代だけでもいいからと望む方は大勢いますが、すべて断っております。けれども林様になら、これをお譲りしてもいいんですよ」

「そんな、めっそうもない。そのような貴重なもの、心得のない私にはとても」

近江屋は、はじめからそのつもりでメダカを持って来させたのだ。とはいえこんなものをもらってしまっては、後からなにを求められるか分からない。只次郎は大げさなくらい手と首を振って遠慮する。

そういったやり取りをびいどろ越しに眺めつつ、お妙は息を詰めていた。この薄桃と呼ばれるメダカに、どうしたことか見覚えがあったせいだ。

どこでだったかしら。

気のせいかもしれない。このメダカは外に出回っていないというし、お妙は近江屋の屋敷になど足を踏み入れたこともないのだから。

だがそんな思いとは裏腹に、頭の中に一枚の画が浮かび上がる。薄桃色の小さなメダカが、ずぶ濡《ぬ》れの地面の上で死んでいる。傍らに横たわるのは善助の骸《むくろ》。検視の同心がその上に筵《むしろ》を掛けようとしている。

目の前がぐらりと揺れた気がして、お妙は己の額を押さえた。

そうだ、川で溺《おぼ》れ死んだ善助が、同心に胸を押されて大量に水を吐いた。その水と共に出てきたメダカだ。

あのときは気が動転していたから、メダカの珍しさにまで気が回らなかった。少し考えてみれば、薄桃色のメダカなど神田川で見たことがないと分かったはずなのに。

「あれ、お妙ちゃん。なんだか香ばしくないかい?」

おえんに肩をつつかれて、お妙はハッと我に返った。

「いけない!」

栗ご飯の土鍋を火にかけたままだ。焦がしてしまっては、せっかくのお志乃の心づくしを無にしてしまう。

お妙は慌てて身を翻《ひるがえ》し、調理場に駆け込んだ。幸いまだ焦げ臭くはない。すぐさま火から下ろそうとして、素手のまま鍋の把手《とって》を摑《つか》んでしまった。

「熱っ!」

とっさに手を引っ込めたが、もう遅い。指先がじんじんと脈打っている。

「なにしてんだい、この子は」

後から追いかけてきたお勝が、布巾を取って土鍋を下ろしてくれた。

「大事ないか」

いつの間にか重蔵が駆けつけて、背後からお妙を抱くようにして水甕《みずがめ》の蓋を取る。

冷たい水を手に受けて、痛みはしだいに引いていった。

「お妙さん、大丈夫ですか」

見世棚越しに、只次郎が焦った声を上げる。

「ええ、ええ。お騒がせしてすみません」

お妙は辛うじて微笑みを浮かべたが、心臓は早鐘を打ち、痛いほどだ。

どうしてどこにも出ていないはずのメダカを、善助の骸が飲み込んでいたのか。

物騒な想像が、頭の中を駆け巡る。

だがどう考えても、善助の死に近江屋がかかわっていたとしか思えないのだ。

いったい二人の間に、どのような繋《つな》がりがあったというのか。

目尻に滲《にじ》む涙を拭い、お妙は落ち着けと己に言い聞かせる。疑いがあるからには、様子がおかしいことを近江屋に悟らせてはいけない。

すぐにでもお勝にすがりつきたい気持ちを抑え、お妙は重蔵に礼を言って立ち上がった。

指先の火傷《やけど》は少しヒリヒリするだけで、しばらくすれば治るだろう。

「すみませんでした、皆さん。栗ご飯は無事でしたので、ご安心ください」

声を励まし、不甲斐《ふがい》ないしくじりを冗談めかす。

「んもう、そっちの心配じゃないよ！」

なにごともなかったという安堵《あんど》におえんが笑いだし、それにつられて皆も笑う。その中で近江屋だけが小上がりに座したまま、真顔で盃を手にしていた。

いつもの作り笑顔ではない、やけに冷めた目でこちらを見ている。お妙はそれに気づかぬふりで笑顔を振りまき続けた。

だがこの気丈さも、いつまで保《も》つか分からない。一人で抱えるには問題があまりに大きすぎる。

ご隠居、お勝、そして只次郎。信用して話せそうな三人に目を遣ると、いくぶん息がしやすくなった。

近江屋は、まだ値踏みするようにこちらを見ている。

その腹には、いったいなにを呑《の》んでいるのか。

ふいに太刀魚を捌《さば》いたときの、真っ黒な腹が瞼《まぶた》の裏に浮かんで消えた。

五

墓石の周りの秋草を抜き、水を撒《ま》く。今朝は少しも風がないようで、線香の煙が真っ直ぐに上がっている。

彼岸でもないから墓地には他に人気がなかった。ここなら一つの墓の前に数人が固まってしゃがんでいても、不思議はない。墓場とは秘密の話をするのにうってつけの場所かもしれぬ。

「いきなり又三さんの墓参りに行きませんかと言うからなにかと思えば、そういうことでしたか」

ご隠居が、手を合わせたまま念仏の代わりにそう呟く。

「じゃあなにかい。善助は、神田川で溺れたわけじゃないってのかい」

お勝の横顔はいつになく硬く、その声は微《かす》かに震えていた。

只次郎は、なにか言いかけて口を閉ざした。あまりのことに、言葉が見つからないのだろう。目の周りが青ざめている。

重陽の節句の翌朝である。お妙は昨夜ご隠居たちの帰りがけを捉《つか》まえて、墓参りに誘った。

店で話せば重蔵がいる。いつぞやのように後をつけてくるかもしれぬから、「今日は皆さんと一緒なので用心棒はいりませんよ」と言い渡してから出てきた。それでも遠くからこっそり様子を窺《うかが》っているかもしれないが、声までは聞こえないだろう。

今年のはじめに又三の墓参りをしたのも、ちょうどこの四人だった。又三の死の経緯を知る四人。そして善助の死の経緯を探ることにも、これから巻き込もうとしている。

「すみません。私一人の胸の内に、仕舞っておくには辛《つら》すぎて」

「そんな、謝らないでください。一人で無理をすることはありません」

只次郎が顔を上げ、お妙の手を握ってくる。昨日の火傷が軽くうずいた。

「そうですよ。なんと言っても、相手はあの近江屋さんですからね」

ご隠居から見ても近江屋は、手強《てごわ》いと感じるらしい。昨日の値踏みするような目を思い出し、お妙は軽く身震いをした。

「近江屋さんがかかわっているかどうかは、分かりません。でも少なくとも、あの薄桃色のメダカが泳ぐ池か水舟《みずぶね》(水槽)に、良人は沈められたのだと思います」

苦しかったろう、辛かったろう。善助の最期に思いを馳《は》せて、我知らず只次郎の手を握り返していた。

「だけどたった一つの証拠は、もう残っちゃいないだろ」

お勝の言うとおり、善助が吐き出したメダカはあのまま道端に放置され、猫か虫に食われてしまったことだろう。間違いなく同じメダカだと、分かっているのはお妙のみ。訴え出たところで、思い違いと言われてしまえばそれまでだ。

「升川屋って近江屋と仲がいいけど、まさか繋がっちゃいないよね」

「さぁ、どうでしょうねぇ」

そんなことはないと信じたいが、お勝の問いかけにご隠居がのんびりと首を振る。

「ともあれ近江屋さんをちょいと、探らせてみましょうかね」

「そうだね、頼むよ」

年輩の二人は必要以上に取り乱さない。お勝など自分の弟のことなのに、なぜそうも強く在れるのだろう。

お妙は空いているほうの手で、お勝の膝をぎゅっと握った。

「ご隠居は、あの男のことでなにか知ってることはないのかい」

「さてねぇ。元々は炭薪《たんしん》問屋で奉公をしていたところ、近江屋の先代に引き抜かれたって話は聞きましたけど」

だとすれば、あの押しの強さが買われたか。近江屋は若いころから肝が据わっていたと見える。

「炭薪問屋って、名前は分かるかい？」

「たしか『河野屋《こうのや》』さんでしたっけ」

店の屋号を聞いて、お勝ははじめて顔色を変えた。「ご存じなんですか」と只次郎に聞かれ、いつもより嗄《しわが》れた声で答える。

「この子のお父つぁんに拾われる前に、善助が奉公してたのがそこさ」

「なんですって」

今度はお妙が目を丸くする番だった。

近江屋の歳がいくつかは知らないが、見たところ善助と同じか少し上といったところ。おそらく奉公の時期は、重なっていたに違いない。

「もしやそのころの私怨《しえん》、とか」と只次郎。

ご隠居が頷き返す。

「そうですね、その線で探らせてみましょう」

善助と近江屋が、繋がった。

目の前が赤く燃えた気がして、お妙はぎゅっと目をつぶる。これは怒りか、憎しみか。善助の命が不当に奪われていたのだとしたら、自分は下手人をどうしたいのだろう。

「お妙さん、お妙さん」

手の甲をぽんぽんと叩かれて、気がついた。いつの間にか只次郎の手を、力一杯握り込んでいた。只次郎の指先が真っ赤になっているのを見て、「すみません」と手を離す。

「私はいいんですが、大丈夫ですか」

「大丈夫なわけないでしょう。でもね、心配しなさんな。私らだけでなく俵屋も三河屋も三文字屋も、みんなお妙さんの味方ですから」

ご隠居だけは少しも慌てず、穏やかに、言い聞かせるように喋った。名前が挙がったのは皆、亡き父と善助を知る者たちだ。いつだって力になると言ってくれた、その言葉を思い出す。

「ほら、見てください。又三も応援すると言ってますよ」

風は相変わらず吹かず、周りの草花はぴくりともしない。

だが又三の墓に供えた線香の煙だけが、ふわりふわりと右に左に揺れていた。

「五月晴れ」「駆け落ち」「七夕流し」「俄事」は、ランティエ二〇一八年六月〜九月号に掲載された作品に、修正を加えたものです。

「黒い腹」は書き下ろしです。

時代小説文庫
さ 19-7

つるつる鮎《あゆ》そうめん　居酒屋《いざかや》ぜんや

著者　坂井希久子《さかいきくこ》

2018年9月18日第一刷発行
2018年10月28日第三刷発行

発行者　角川春樹

発行所　株式会社 角川春樹事務所
〒102-0074 東京都千代田区九段南2-1-30 イタリア文化会館

電話　03(3263)5247［編集］ 03(3263)5881［営業］

印刷・製本　中央精版印刷株式会社

フォーマット・デザイン＆シンボルマーク　芦澤泰偉

ISBN978-4-7584-4201-5 C0193

http://www.kadokawaharuki.co.jp/［営業］
fanmail@kadokawaharuki.co.jp［編集］ ご意見・ご感想をお寄せください。

坂井希久子の本

ほかほか蕗《ふき》ご飯

居酒屋ぜんや

家禄を継げない武家の次男坊・林只次《ただじ》郎《ろう》は、鶯が美声を放つよう飼育するのが得意で、それを生業とし家計を大きく支えている。ある日、上客の鶯がいなくなり途方に暮れていたときに暖簾をくぐった居酒屋で、美人女将・お妙の笑顔と素朴な絶品料理に一目惚れ。青菜のおひたし、里芋の煮ころばし、鯖の一夜干し……只次郎はお妙と料理に癒されながらも、一方で鶯を失くした罪責の念に悶々とするばかり。大厄災の意外な真相とは——。美味しい料理と癒しに満ちた、新シリーズ開幕。
（解説・上田秀人）

時代小説文庫